O AMOR me SALVOU

ISBN 978-65-86112-65-8

2ª edição - agosto/2024
1ª reimpressão - dezembro/2024

Copyright © 2011,
Instituto de Difusão Espírita - IDE

Conselho Editorial:
Doralice Scanavini Volk
Wilson Frungilo Júnior

Produção e Coordenação:
Jairo Lorenzeti

Revisão de texto:
Mariana Frungilo Paraluppi

Capa:
Samuel Carminatti Ferrari

Diagramação:
Maria Isabel Estéfano Rissi

Parceiro de distribuição:
Instituto Beneficente Boa Nova
Fone: (17) 3531-4444
www.boanova.net
boanova@boanova.net

INSTITUTO DE DIFUSÃO ESPÍRITA
Rua Emílio Ferreira, 177 - Centro
CEP 13600-092 - Araras/SP - Brasil
Fones (19) 3543-2400 e 3541-5215
CNPJ 44.220.101/0001-43
Inscrição Estadual 182.010.405.118
www.ideeditora.com.br
editorial@ideeditora.com.br

Todos os direitos reservados. Nenhuma parte desta publicação pode ser reproduzida, armazenada ou transmitida, total ou parcialmente, por quaisquer métodos ou processos, sem autorização do detentor do copyright.

Telma Magalhães

O AMOR me SALVOU

Romance Espírita

Espíritos Victória & Iman

ide

Sumário

1 - A família...... 9
2 - O encontro...... 17
3 - A ameaça...... 35
4 - Encarnação anterior...... 45
5 - O renascimento de Isaura...... 63
6 - Insatisfação...... 73
7 - No dia seguinte...... 77
8 - Os documentos...... 81
9 - No cartório...... 85
10 - Mau exemplo...... 91
11 - Livre-arbítrio...... 95
12 - O apartamento do Leblon...... 103
13 - O amor de Francisco por Ana...... 107
14 - Plano astuto...... 115

15 - Desenlace 151
16 - A volta 163
17 - A vida de Ana sem os filhos 177
18 - O livro 183
19 - A viagem 191
20 - Planejamento reencarnatório 199
21 - A vida de Bomani 213
22 - Coração angustiado 219
23 - O resgate 225
24 - Novamente na África 235

1

A família

– Vamos parar de brigas, vocês dois! Eu os amo muito e não gostaria de ver dois irmãos como se fossem inimigos.

Era manhã de primavera e o filho mais velho de Ana Luiza estava furioso com o irmão Francisco. Este era o mais novo, tinha apenas dez anos de idade e, na verdade, viera ao mundo para ensinar a mãe a viver melhor. Adolfo estava sempre aborrecido com Francisco. Eles se distinguiam como óleo e água. Muito parecido com o pai, Adolfo era capcioso, preocupado em ser alguém importante materialmente, e até seus amigos eram escolhidos a dedo, só podendo fazer parte de seu círculo de amizade quem tivesse pais considerados importantes ou fosse criado por algum parente rico. Ana Luiza não achava isso errado; ao contrário, apoiava-o em tudo e ainda dizia que, se não fosse assim, ele estaria indo para um caminho de sofrimento.

– Atrás de coisa que não serve ou só serve para jogar ao lixo, só os garis! – dizia Ana Luiza.

– Não consigo entender como a senhora pode apoiar Adolfo. Ele vai sofrer muito se continuar pensando dessa maneira. Dinheiro não é tudo, um dia vocês irão compreender isso.

Francisco falava com tal simplicidade, que a mãe não conseguia entender. Como uma criança com apenas dez anos de idade, criada em um ambiente onde todos detestavam a pobreza, podia ser tão diferente? O pai, às vezes, aborrecia-se com ele, e Ana Luiza, apesar de não concordar com nada que o filho falava, achava interessante o jeito dele. Ela ficava pensando: "Ele deve ter sido trocado na maternidade", mas, ao mesmo tempo, temia os próprios pensamentos, tentando mudá-los rapidamente. Aquela criança era a vida de Ana Luiza, ela amava Francisco acima de suas forças. Ele era a força necessária para que ela não sucumbisse.

– Ana Luiza, acho que deveríamos comprar um

apartamento maior, afinal nossa família está vivendo mal instalada aqui. Merecemos mais que isso, e não trabalho tanto para ficarmos morando em um apartamento de dois quartos, no Leme.

Miguel Luiz, seu esposo, falava, e ela escutava com muito interesse, pois também era ambiciosa, tinha a vaidade totalmente aflorada. Ela mesma dizia, algumas vezes, que não havia nascido para morar no Leme. Se tinha nascido no Rio de Janeiro, no mínimo deveria morar em Ipanema, Copacabana ou no Leblon.

– Claro! Afinal, nossos filhos já estão grandes, e cada um tem que ter o seu próprio quarto. Acho que deveríamos comprar um apartamento de quatro quartos em Ipanema ou no Leblon – falava, entusiasmada.

– Leblon! Está decidido. Afinal, é um bairro antigo, que faz com que me lembre muito de meus pais, principalmente de minha mãe, que adorava sentar-se à noite no calçadão da praia e apreciar as estrelas e a Lua. Lembro-me de que meu pai costumava correr enquanto ela apreciava o céu. Eles eram felizes! – comentava Miguel Luiz.

Para quebrar o encanto ou, quem sabe, trazer os pais ao mundo real, Francisco, que se encontrava sentado em uma poltrona lendo um jornal, sem olhar para eles, falou:

– Não vejo graça em sairmos do Leme, afinal conhecemos tanta gente boa aqui, e sem contar que um apartamento no Leblon deve ser muito caro.

– Pare já com essa conversa fiada! Você é um estraga-prazeres – exclamou o pai, perdendo a calma.

– Tenha paciência, querido. Você não está vendo que ele é apenas uma criança e que não sabe o que diz?

– O que sei é que ele me tira do sério! Sinto-me angustiado por querer o melhor para nossa família e Francisco ser sempre do contra!

A mãe tentava amenizar a situação, pois tinha medo dos arroubos do marido. Não que ele fosse um pai que maltratasse os filhos fisicamente, mas Miguel, algumas vezes, perdia o controle e gritava como se estivesse possuído por algo ruim. E, em verdade, estava sim. Alguns inimigos do pretérito o envolviam em vibrações deletérias, manipulando seus pensamentos, querendo levá-lo à bancarrota. Sabiam que lá no Leblon seria a desgraça dele e da família. Era um plano vil, que levaria toda a família ao sofrimento se Miguel levasse adiante o desejo de comprar um apartamento muito caro e, ainda por cima, próximo de sua paixão secreta.

– Desculpe, papai! Não queria aborrecer o senhor, apenas acho que poderia comprar uma casinha para a Mercedes e o Augusto. Eles não têm onde morar e vivem com parentes que não gostam deles. O Augusto é meu amigo e, às vezes, vejo-o chorando, porque pediram para a mãe e ele saírem de onde estão, mas não têm para onde ir, e são obrigados a ficar calados. Mamãe sempre disse que a Mercedes é uma boa amiga e já trabalha conosco há muito. Então, não seria melhor resolver a vida deles, já que temos um lindo apartamento de dois quartos? Afinal, para que tanto quarto, se nós só precisamos dele para dormir?

– Só me faltava essa, deixar de comprar um apartamento para nós e comprar uma casa para a empregada! – falou Miguel Luiz, descontrolado.

Os dias se passavam, e Ana Luiza e o esposo não paravam de planejar a nova vida no Leblon. Saíam praticamente todos os dias depois do trabalho dele, para juntos verem apartamentos no bairro dos seus sonhos. Estavam ficando preocupados, pois os imóveis estavam além de suas condições, mas não iriam deixar para trás esse sonho de consumo. Iriam fazer o possível e o impossível para adquirir o imóvel.

– Ana, acho que você deveria ter uma conversa com Francisco; aquele garoto é um problema, e estou vendo que ele vive tentando convencer o irmão a não se empolgar com a nova moradia. Isso não é possível, não aguento esse menino! Sempre se opondo a tudo o que faço, parece até meu inimigo, ou melhor, inimigo da própria família. Vou acabar perdendo a paciência com ele. Tome uma providência ou não me responsabilizarei pelos meus atos!

– Querido, tenha calma, que irei falar com ele.

✳ ✳ ✳

– Francisco, querido, o seu pai está triste com você. Não acha que deveria ajudar seu irmão, ao invés de preocupá-lo dizendo que pode não ser uma boa ideia irmos morar no Leblon?

– Mamãe, eu sinto que não será!

– Como pode pensar assim, querido? Não percebe que o Leblon é um bairro maravilhoso? Quem seria infeliz morando lá?

– Nós, mamãe, nós.

– Bem, espero que não toque neste assunto com Adolfo novamente, afinal você o conhece bem e sabe que ele é parecido com seu pai.

– A senhora também não é parecida com o papai?! Afinal, pensa igualzinho e deseja as mesmas coisas que ele. Eu sei o que sinto e vejo a nossa infelicidade lá, nessa nova moradia. Mamãe, vamos desistir desse projeto! Sei que sou novo, só tenho dez anos, mas meu coração sofre com essa ideia.

– Já chega, Francisco! Penso que você deve ser de outro planeta e não foi educado para ser pobre, somos ricos! Entendeu? Ricos! Não atormente mais a sua família com essa conversa de pobre!

Naquele dia, Ana Luiza ficou preocupada com as palavras do filho, pois sabia que Francisco era diferente e que, quando ele sentia algo, sempre acabava acontecendo. Esse pensamento a atormentava.

2

O encontro

– Suzana, estou aqui na esquina da rua Rainha Guilhermina, como de costume; venha rápido, ninguém pode me ver aqui.

– Aguarde alguns instantes, amor. Estou me arrumando para você.

– Você é linda até mesmo sem se arrumar. Não demore, está bem?

Minutos depois, saíam juntos Suzana e Miguel Luiz. Ela era jovem e muito ambiciosa, e isso foi o fator principal para o entrosamento entre eles: a afinidade dos dois em querer mais, poder mais, sem se importar com mais ninguém.

Ana Luiza era filha única e herdeira de um apartamento no Leme, o mesmo em que eles moravam agora com a família. Miguel Luiz, um engenheiro sem sucesso, Ana Luiza, uma dondoca; ambiciosos e egoístas, ele e a esposa viviam de aparências. Ele precisava da esposa para conseguir comprar o apartamento que desejava no Leblon. Ela o amava muito e faria qualquer coisa para agradá-lo, afinal eles cobiçavam a mesma coisa. E ali estava formado um triângulo de dor e sofrimento.

Naquela tarde...

– Mamãe, a professora pediu que a senhora ou o papai compareça na segunda-feira à escola. O Adolfo está fazendo coisas que não deve.

– Como assim! Coisas que não deve?!

– Ele foi pego ameaçando um garoto.

– Meu filho jamais faria isso, ele é bem-educado! E com que finalidade estaria o Adolfo ameaçando alguém?! No mínimo, ele foi ameaçado primeiro.

– Penso que a senhora deve falar com ele antes de conversar com a direção da escola.

– Por que você pensa assim?

– Para que não tenha surpresa e tente justificar, de forma infundada, o comportamento dele.

– Não acredito, Francisco! Será que ficará contra o seu irmão?!

– Jamais ficaria contra a minha família, mamãe, mas penso que o Adolfo não tenha agido corretamente.

– Aconteça o que acontecer, você ficará do nosso lado, está bem?!

– Lamento, mãezinha, mas isso eu não faço. Posso até ficar calado para não contrariar a senhora, mas ser a favor, isso é contra os meus princípios.

– Que princípios, garoto?!

– Os que eu tenho.

– Os seus princípios devem ser baseados em sua família, ou melhor, em defender a sua família, e não em ser contra ela!

– É exatamente assim que penso, mamãe. Por isso não posso deixar que se enganem com essas ilusões materiais. Seria o fim da nossa família e, depois, eu estaria sendo cúmplice nesse erro.

– Garoto, não consigo entender como você pode ser tão diferente de nós! Se não fosse o amor que sinto por você, amor esse que chega a doer em meu peito, poderia até mesmo pensar que é nosso inimigo. Mas eu não amaria um inimigo. Diga-me uma coisa, são os livros de seus avós que lhe ensinam essas coisas doidas? Afinal, vejo-o falando como eles. Às vezes, penso que deveria levá-lo ao psiquiatra, os meus pais estão mortos, e você conversa com eles como se estivessem vivos. Como se não bastasse, passa boa parte da tarde lendo livros de adultos, e de adultos perturbados ainda, espíritas, que acreditam que podem melhorar o mundo fazendo caridade, alimentando pobres, até mesmo mendigos! Ora essa! Sua avó também não era boa da cabeça, pois, se fosse, não moraríamos aqui no Leme, em um apartamento caindo aos pedaços, e eu mesma teria sido criada em Ipanema ou, quem sabe, no Leblon, mas ela convenceu papai de ficarmos aqui, por ser perto da casa espírita que ela frequentava. Esses espíritas não têm o que fazer na vida, colocam pensamentos desequilibrados nas mentes fracas. Imagine acreditar que só temos o que necessitamos para a nossa evolução. Quem necessita da pobreza para evoluir? Só uns loucos pensam assim!

– Eu penso assim e não sou louco.

– Pare, Francisco, pelo amor de Deus! Espero que tenha entendido o que falei.

No outro lado da cidade, Miguel Luiz se divertia com sua amante em um restaurante frequentado pela alta sociedade carioca. Ela morava no Leblon, próximo à rua Rainha Guilhermina. Miguel estava completamente fascinado por ela. Era uma paixão avassaladora. Temia que a família descobrisse, mas isso ocorria apenas pelo receio de perder a compra do apartamento novo, eles dois tinham um plano. Como o apartamento do Leme era herança dos pais de Ana Luiza e ele não tinha direito algum, precisava comprar um que não fosse de herança para açambarcar em proveito próprio. Tinha todo o apoio da Suzana para isso, afinal ela mesma ajudava com as ideias.

No final da tarde, Miguel voltou para a sua residência. A esposa estava angustiada, sentia algo inexplicável nas palavras ditas pelo filho Francisco. Alguma coisa fazia com que ela se preocupasse. Afinal, aquele garoto era de fato especial, era um velho homem em um corpo jovem.

O apartamento, no Leme, estava praticamente vendido. Miguel havia preparado todas as documentações necessárias para a venda. Estavam quase todos felizes, já que Ana Luiza e Francisco pareciam estar tristes.

– O que você tem, querida, não está feliz? Não era o nosso sonho sair deste bairro sem glamour?

– Penso que sim, mas é que, às vezes, fico preocupada com o nosso futuro, afinal nos endividaremos no banco para conseguirmos o empréstimo. Será que conseguiremos pagar? É muito alto!

– Eu sei, meu bem, mas tenho certeza de que seremos felizes lá, pois aqui tenho uma preocupação que jamais lhe mencionei.

– Qual?

– Ora! Você bem sabe que não sou dono deste apartamento, ele é herança dos seus pais, que poderiam tê-la deixado em situação melhor se não tivessem feito a asneira de doar os bens antes de morrerem. Quem já viu uma coisa dessas, deixar para a única filha um apartamento, doando um prédio para uma casa espírita qualquer?

– Querido, bem sabe que fico muito triste com essas lembranças. A mamãe acreditava que eu poderia perder tudo com a minha vaidade, como ela sempre dizia. E, para que eu não sofresse me endividando com Deus, achou por bem não me dar muito. Eu jamais concordei com isso, bem sabe que tentei inutilmente ganhar na justiça, mas não foi possível, eles eram lúcidos e pessoas íntegras, tiveram várias testemunhas, além de uma fita gravada por eles dois, explicando ao juiz que eu certamente gastaria com coisas indevidas e não hesitaria um só minuto em prejudicar alguém para conseguir o prédio que era deles.

– Eles eram seus inimigos, querida! Afinal, que pais fariam uma coisa absurda dessas?! Prejudicar a própria filha. E aquela fita?! Deixar uma gravação com um advogado mau-caráter para prejudicar a própria filha, que horror, só de pensar sinto-me enojado.

– Não quero mais falar sobre isso. Mas continue o que estava dizendo.

– Bem, com a venda deste medíocre apartamento, além do empréstimo, comprarei o novo imóvel, e este sim será colocado em nosso nome, e aí eu também serei dono dele. Não me sentirei um zé-ninguém, incapaz de comprar um imóvel para a minha amada e bela esposa.

– Mas...

– Mas o quê?! Não concorda?! Acaso pensa que não tenho esse direito? Afinal, o empréstimo só foi possível de ser feito por eu conhecer o Arnaldo, que é gerente do banco. Ele facilitou para fazer o empréstimo em seu nome, e compraremos à vista. Será nosso de verdade. Quanto ao banco, pagaremos com o suor do nosso trabalho.

— Que trabalho, querido, eu não faço nada!

— Como não?! Trabalha educando os nossos filhinhos para que eu possa ficar tranquilo enquanto trabalho na empresa. Já pensou se os nossos filhos fossem educados por terceiros, como seriam eles? Será que estariam bem de saúde e com a beleza que têm? Para que trabalhar fora?! Teríamos que pagar uma secretária para educar os nossos filhos.

— A Mercedes sempre cuidou de mim e não tenho do que reclamar. Às vezes, até penso que eu deveria ter voltado a trabalhar quando o Adolfo nasceu. Acho que teria sido melhor para mim.

— Está me culpando?!

— Não, amor, apenas penso que podíamos ter saído mais rápido daqui.

— Se não saímos logo daqui, foi por culpa dos seus pais, aqueles velhos loucos que deixaram de herança um apartamento cercado por favelas.

— Não fale assim dos meus pais, afinal nunca critiquei os seus.

– Nem poderia; eles eram pessoas decentes, que se preocupavam com a família, e não com os estranhos.

– O que quer dizer com isso...?

Interrompendo aquele diálogo combativo, Adolfo entrou na sala.

– Papai, mamãe, a diretora da escola deseja muito conversar com vocês.

– Mais essa! O que será que ela quer reclamar desta vez?! Não vejo a hora de acabar este ano letivo para tirar você e seu irmão daquele maldito colégio. Ô gentalha! Reclamam de tudo. Além da mensalidade alta que pagamos, ainda recebemos reclamações. Se fosse a respeito de Francisco, que é estranho, eu bem compreenderia, mas de você, filhinho, ah! Essa diretora me paga!

Aquela família não sabia que era alvo de gargalhadas e zombaria de criaturas vingativas do plano invisível. Rogério, inimigo de Miguel, soprava aos seus ouvidos palavras pesadas contra os pais de Ana Luiza, pessoas íntegras, espíritas e cristãos praticantes. Dedicadíssimas às causas humanitárias, foram voluntárias na África durante treze anos, onde se conheceram e só voltaram ao Brasil por motivo de doença do senhor Ataíde, pai de Ana Luiza, filha única, e motivo de muitas preocupações. Desde cedo, eles a levaram para a evangelização no Centro Espírita, mas ela não parecia apreciar muito os coleguinhas, dizendo aos pais que não gostaria de voltar mais lá, pois aquelas pessoas eram muito simples e pareciam sem graça para ela. Os pais tentavam mostrar a beleza das pessoas no coração, mas Ana Luiza não gostava de ouvir e fazia pouco caso.

※ ※ ※

– Bem, senhores, o Adolfo é um garoto encantador...

– Encantador! A senhora não nos chamou aqui para elogiar o nosso filho, não é mesmo? – retrucou o pai, com ironia.

– Como eu estava dizendo, ele é um bom menino, o problema é que tem dificuldades de se relacionar com alguns colegas...

– Que tipo de colegas?! – perguntou Miguel. – A senhora está falando dos garotos bolsistas?

– Alguns são bolsistas, sim, mas não vejo problema nisso. Afinal, se são bolsistas, é por merecer; bem sabe que não é fácil estudar aqui, só consegue bolsa de estudo quem passa em uma prova muito bem elaborada, além da grande concorrência de alunos para receber essa oportunidade.

– Bem, a senhora pode ir direto ao assunto! – Miguel estava impaciente.

– Pois bem, Adolfo cria problemas com outras crianças todos os dias, discute com os colegas e os chama de pobres miseráveis. Ainda grita que deveriam estar lavando carro para sustentar os pais favelados. E isso eu não admito em minha escola. Afinal, não acredito que tenha sido essa a educação recebida em casa.

– Mas eu digo que foi, sim! Não quero que o meu filho ande com pessoas que não tenham nada a acrescentar. Não pago colégio caro para ele ficar andando com favelado. Só me faltava essa, ser chamado à direção do colégio para ouvir absurdos sobre um garoto nobre.

A diretora, sem reação, ficou a olhar para aqueles pobres pais. Ela não podia acreditar nas palavras que brotavam do pai de Adolfo. Mas, na verdade, aquele homem estava sendo manipulado por Rogério, que sorria com a vitória de cada palavra. Infelizmente, essa manipulação era possível por ser Miguel uma pessoa altamente orgulhosa, vaidosa e egoísta. Não seria possível continuar aquela conversa com o pai de Adolfo, afinal a diretora do colégio já havia compreendido o porquê de o garoto ter aquela personalidade arrogante. Eram pais fracassados.

– Não se preocupe, no final do ano iremos tirar nossos filhos deste colégio. Bem vejo que deve ser pelos contatos que se tem aqui que o Francisco é perturbado com ideias malucas. Como se já não bastasse os avós loucos que tinha... – sussurrou Miguel, fazendo esse infeliz comentário.

A esposa não ousou abrir a boca. Ela bem sabia que, se o marido se aborrecesse, era capaz de envergonhá-la falando para a diretora sobre a maneira como seus pais dividiram a herança, o que ele considerava uma desfeita. Além do mais, ela mesma concordava com o marido, só não era tão dura quanto ele.

E, saindo da sala da diretora, Miguel disparou:

– Vou colocar você em um táxi e irei me distrair um pouco, pois essa conversa me deixou com dor de cabeça!

– Mas e as crianças?! Nós não iríamos almoçar juntos em casa de Justina?

– Como você está ficando egoísta! Não percebe o

quanto estou aborrecido com essa diretora infeliz?! Ora, se tenho cabeça para passear com família!

– Você está tão mudado, Miguel. Ultimamente não consigo entendê-lo. Faço tudo o que deseja e, no entanto, só tenho desprezo. O que está acontecendo, querido?

Na saída da escola, as companhias de Ana Luiza e Miguel eram das mais atormentadoras possíveis. Rogério comandava as palavras de Miguel. Aquele homem se encontrava como uma marionete, totalmente descontrolado. E o seu egoísmo era uma porta larga e aberta para o poder das trevas. Os avós maternos de Francisco e Adolfo se encontravam na casa de Ana Luiza, sempre a vibrarem em benefício daquela família que se encontra desestruturada. E, se não fosse a proteção por meio de Francisco, criança maravilhosa e Espírito evoluído, seria bem pior. No trajeto, junto de Ana Luiza, uma mulher com feição desnorteada, com ódio no coração, lançava flechas envenenadas na direção dela. Era Isis, irmã de Ana, em encarnação passada, que foi envenenada por ela, por ciúmes do irmão, o atual Francisco, pelo qual ela, Ana Luiza, nutria um amor doentio. Eram vibrações em forma de flechas que saíam da boca e do coração perispiritual de Isis, juntamente a Rogério e seus comparsas. Vibrações com o poder de desarmonizar um homem a ponto de este cometer crimes por intermédio das palavras e de ações maléficas.

Ana Luiza resolveu, então, pedir que o taxista fosse para o Shopping Rio Sul.

"Estou cansada de brigas, não nasci para esse tipo de coisa. Preciso distrair minha mente. Comprarei sapatos, que me trarão alegria de verdade. Ah! Que maravilha poder comprar! Eu não saberia viver sem poder comprar os meus belos sapatos."

O taxista olhava pelo retrovisor aquela bela senhora, que falava sozinha olhando pela janela do táxi. Algumas vezes, parecia que ela estava conversando com o taxista, mas logo ele percebia que era sozinha, mesmo.

Infelizmente, Ana Luiza havia aceitado a sugestão da mulher que se encontrava ao seu lado, e sequer imaginava que tinha companhia. Fazia parte do plano de Rogério, que sabia que Miguel iria almoçar em um restaurante no Shopping Rio Sul com Suzana; ele havia mandado a inimiga invisível de Ana Luiza guiá-la até o local onde se daria o desfecho brutal.

Horas haviam se passado, os filhos de Ana estavam sós com Mercedes no apartamento, esperando a mãe e o pai para almoçarem, pois Miguel havia prometido que sairiam todos juntos. Como era de costume, Francisco orava para que o pai voltasse para casa, a fim de não decepcionar o irmão Adolfo, que cegamente acreditava nele, mesmo nunca cumprindo com a palavra. Uma ajuda espiritual fora enviada para onde se daria, em breve, o programado encontro, mas os pais de Francisco não estavam receptivos aos Espíritos amigos e generosos.

Ao chegar próximo de Miguel, a mãe de Rogério pedia docemente que o filho não continuasse com aquela investida, mas o obsessor não dava a mínima atenção, dizendo: "– Eu a amo, mas esse maldito me pagará pelo mal que nos fez".

A mãe compreendia a dor do filho, mas não podia compactuar com aquele plano de vingança contra Miguel Luiz.

– Filho querido! Perdoe e você será mais feliz; eu mesma não sinto ódio dele; tenha compaixão deste pobre infeliz. Você não precisa ser o instrumento para que ele responda pelo desatino que cometeu no passado.

– Desatino! Passado! Ora, acaso não vê que ele é mau de verdade e que não mudou nadinha?! Acaso não percebe o golpe que esse mau-caráter quer aplicar na esposa e nos filhos? Não percebe que agora é a própria família que ele vai destruir? Acredito que suas ações sejam ainda piores do que antes. Na vida anterior, ele destruiu a nossa com a ganância, tirou-me o direito de viver para, depois da morte de meu pai, ficar com tudo o que era dele. Esse maldito infeliz seduziu a minha esposa, fazendo que ela o ajudasse em seu plano sórdido de tirar tudo de mim. Arrependida, a pobre cortou os pulsos e veio a morrer em nossa cama, onde os pobres filhinhos a encontraram. O Pedro, com apenas dez anos de idade, não aguentou o golpe de ver a mãe morta com os pulsos cortados e veio a perder a lucidez. Nunca mais foi o mesmo. A senhora bem sabe do nosso sofrimento em tentar fazer com que ele voltasse ao normal, coisa impossível. A Laura, contando com seus cinco anos de idade, foi criada sem mãe e sem pai, já que fui preso por tentar matá-lo. Infelizmente, não consegui, e ainda perdi a liberdade. A senhora ficou tão doente que, alguns anos depois, passou mais tempo internada em um hospital que em nossa pobre casa, já que havíamos perdido todo o nosso patrimônio para aquele maldito trapaceiro. Quando saí da cadeia, ele escarnecia de nós. Pior que isso, depois do acidente vascular cerebral que vim a sofrer, imobilizado durante anos a fio, eu assisti, sem nada poder fazer, a minha menininha crescer com aquele maldito assediando-a. Até que, anos depois, conseguiu o que desejava – iludir a minha menina e levá-la para morar com ele, fazendo dela a sua esposa e maltratando-a, dando golpes em outras mulheres. Por fim, não aguentei e vim a desencarnar. Agora me diga: acha pouco o que ele fez?! Compaixão para com os criminosos eu deixo para o Cristo!

– Querido, falo compaixão com você mesmo, não percebe quanto tempo se encontra nesse estágio de vingança? Deus é misericordioso e dá a cada um segundo suas obras. Miguel certamente será responsabilizado pelas ações infelizes que ele mesmo foi capaz de praticar, mas também sei que se deixou levar pela ignorância. Arrependa-se, perdoe e terá paz no coração.

Aquelas palavras tocaram a alma de Rogério por alguns segundos, mas ele ainda estava irredutível.

3

A ameaça

Do outro lado da cidade, Miguel ia ao encontro da sua amante. Olhar atormentado, completamente desnorteado, dirigia-se para o Leblon. Chegando a uma praça, sentou-se por alguns segundos como se desejasse se refazer, e, olhando o nada, sentia um vazio atormentador. Passava as mãos no rosto e, algumas vezes, coçava o nariz e respirava fundo, permanecendo estático naquele banco de praça, até ser despertado por uma criança que havia deixado o seu brinquedo embaixo do banco em que ele se encontrava sentado. Um susto súbito trouxe-o de volta ao mundo real. Miguel levantou-se e se dirigiu para o orelhão que ficava na esquina.

– Alô!

– Oi, Justina, é o Miguel Luiz, gostaria de falar com Suzana, por favor.

– Miguel, por favor, estou lhe pedindo encarecidamente: deixe a minha filha em paz. Não aguento mais tanto sofrimento. Penso até que deveria falar com a Ana Luiza e, se ainda não o fiz, foi para não vê-la tão destruída. Somos primas, e a Suzana é afilhada de vocês, imagine qual seria a reação da Ana Luiza se soubesse dessa vileza.

– Olhe, Justina, não liguei para discutir. A Ana também ficaria aborrecida com você se viesse a saber de tudo, afinal você está sabendo há muito e nada disse a ela. Certamente, ela ficaria muito magoada com você, Justina. Eu mesmo diria que, no início, você me aconselhou a deixá-la para ir viver com sua filha...

– Mas isso é mentira!

– Será a minha palavra contra a sua. Acha mesmo que ela iria acreditar em você?! Pois bem, chame Suzana.

– Maldito mau-caráter, você ainda sofrerá por praticar esses atos infelizes que destroem as pessoas, e sem remorso algum!

Justina, mulher íntegra, desligou o telefone sem chamar a filha, e Suzana, que se encontrava em seu quarto, nada ouviu. Miguel ficou descontrolado, voltando a sentar-se no banco, até que teve uma nova ideia, seguramente bem inspirada por Rogério e aceita por ele de bom grado.

– "Vá, idiota, vá! O prédio em que ela mora fica bem pertinho, ou vai levar esse desaforo para casa?! Ah! Só podia ser um covarde, ouvir aquela mulher falar com ódio no coração, como se fosse vítima. Não sabe que ela é uma bruxa interesseira, que deseja ver Suzana se casar com um homem de posse? Não percebe o quanto ela o humilha? Vá até lá e mostre para ela que você é um homem de valor!"

– Aquela maldita me paga! Sou um homem de valor, quem ela pensa que é?! Acaso não sou digno de Suzana?! Em breve, estarei com meu apartamento novo e irei morar com a filha dela.

Minutos depois, lá estava Miguel, pedindo que o porteiro interfonasse para o apartamento de Suzana.

– Bom dia, dona Suzana...

Sem esperar que lhe fosse passado o interfone, Miguel o arrancou das mãos do porteiro e disse:

– Oi, amor, estou aqui esperando você, desça logo.

— Já estou indo, vou só trocar de roupa. Ah, Miguel, minha mãe vai sair logo. Por favor, não deixe que ela o veja aí embaixo, porque ela voltaria e seria um inferno.

— Está bem, querida.

Miguel, induzido por Rogério e pelo próprio desejo de vingança, resolve ficar do outro lado do prédio, atrás de uma velha árvore, a espreitar Justina.

— Oi, Justina!

— Não posso acreditar que você veio até o meu apartamento. Isso é uma afronta.

— Irei me casar com Suzana e a deixarei na miséria se a senhora continuar me perseguindo e impedindo que sejamos felizes, e essa será a minha vingança.

— Você é um mau-caráter. Como pode agir dessa maneira? Não sente remorso? Não pensa nos seus filhos? E como ficará a pobre da Ana Luiza quando vier a descobrir tudo?!

— Ela só ficará sabendo na hora certa, e essa hora serei eu a decidir. Entendeu? Ou gostaria de ver sua filha sofrer em minhas mãos?

Completamente tomada pelo medo, Justina voltou para o apartamento com lágrimas nos olhos.

– Ah, Justina! Não diga nada para Suzana, ou começarei a minha vingança o mais breve possível.

Aquela pobre mulher chegou ao apartamento e se trancou em seu quarto. Temia pela vida da filha, que era tudo o que lhe restava depois da morte de Agnaldo. Estava viúva havia quinze anos e não queria se relacionar amorosamente com ninguém. Agnaldo era um bom homem e continuava a ajudar a família depois da sua desencarnação. Era ele que estava sempre junto de Justina a lhe sustentar as forças para que ela não sucumbisse no desespero. Suzana, por sua vez, era muito ambiciosa e não dava ouvidos aos apelos do pai, que havia muito a amparava. Tudo o que ela tinha em mente era se casar e continuar bem financeiramente. Ela sentia verdadeira paixão por Miguel e, por mais que a mãe tentasse lhe mostrar que os familiares dele iriam sofrer muito com essa ligação, ela não se importava nem um pouco. Tornara-se uma obsessão para ela. Ana Luiza era prima de Justina e foram criadas como duas irmãs. Elas se amavam muito, embora fossem muito diferentes. Justina era afeita à caridade, e Ana Luiza só pensava em sua vaidade, no poder, em ter muito dinheiro para gastar com suas futilidades. Mesmo assim, Justina conseguia ver algo de bom em Ana Luiza.

Logo depois, os dois estavam saindo juntos no carro de Miguel, como se fossem namorados. Suzana havia pedido para irem almoçar, pois já era mais de meio-dia, e ela estava com fome. Foi aí que Rogério sussurrou aos ouvidos de Miguel: – "Leve-a para o shopping, ela irá adorar; diga-lhe que comprará uma joia depois do almoço. Faça-lhe uma surpresa, compre um anel de compromisso".

– Penso que deveríamos ir ao shopping, pois lá tem um restaurante que gosto muito e sei que você irá gostar também; depois lhe farei um agrado.

Tomada de curiosidade, ela aceitou. Ao seu lado, encontrava-se Berenice, um Espírito generoso, que estava ali para ajudar a família de Miguel. Era um socorro para a mãe de Francisco, vindo por intermédio dos pedidos do filho amado, que orava incessantemente, implorando ajuda para que nada de mal acontecesse à sua mãezinha. Berenice usava do poder mental que todos temos para impedir o encontro desastroso daqueles irmãos que se compraziam na cegueira moral. – "Suzana, o Shopping Rio Sul não tem atrativos que possam lhe ser agradáveis, vá para outro."

– Miguel, vamos para outro shopping, não quero ir para o Rio Sul.

– Mas foi lá, Suzana, que encontrei uma joia que você iria adorar.

– Joia! Bem, se é assim, vamos.

A ambição de Suzana era maior que o bem existente nela. Não foi difícil para Rogério induzir Miguel e ela aceitar.

Berenice pedia reforço à espiritualidade, pois sabia que Rogério exercia grande poder sobre Miguel. E logo a mãe de Rogério e a mãe de Ana Luiza se uniram a ela.

Quando entramos em sintonia com o amor Divino pedindo auxílio para as causas que nos parecem complicadas, de imediato o nosso Pai Celestial o concede a nós. Só precisamos fazer por merecer. Como diz o Evangelho de Jesus: "A cada um segundo as suas obras". E é mediante esta lei perfeita e harmoniosa que se torna verídico o dito popular, "cada um só tem o que merece". Mesmo assim, cabe aos encarnados, companheiros da difícil jornada terrena, fazer o que estiver ao seu alcance para aliviar o peso da dor de um irmão em situação de sofrimento. Como querer, então, pedir a Deus que nos alivie as dores, já que não conseguimos ou, até mesmo, não queremos abrandar a dor alheia?

– Acredito que devemos ir até Ana Luiza a fim de evitar esse encontro, pelo menos por enquanto. Sabemos que, cedo ou tarde, isso irá acontecer, porém o nosso dever é o de ajudar o quanto pudermos para que o sofrimento que destruirá essa família não venha à tona antes do tempo – Berenice aconselhou Marta.

– Bem sei que não poderemos evitar. A minha pobre filha não aceita sugestão do bem, alimenta-se da sua vaidade. Ai dela se não fosse o querido Francisco a socorrê-la, não só por meio das orações, mas voltando tantas vezes com ela em encarnações para evitar a sua derrocada, que a levaria a zonas de sofrimentos em mundos inferiores. Ah, o amor! Sublime amor! Fazendo o homem desistir de viver em mundos mais evoluídos, em benefício dos que tanto amam, e viver em outros de prova e expiação. Sabemos que Francisco só está encarnado na Terra para poder amparar Ana mais uma vez, ensinando-a a amar o próximo com dedicação e a sair dessa ilusão material, tendo uma vida feliz e simples. Ana só tem mais esta oportunidade aqui na Terra, e bem sei que Francisco tudo fará, com o seu amor sublime, para vencer, trazendo-a à luz. Bem, irei ter com ela.

– "Ana querida, ouça-me em nome do Senhor Jesus Cristo, Francisco está sofrendo por não saber onde você se encontra. Volte para casa. Será que não o ama, para deixá-lo nessa agonia?"

– Quer mais alguma coisa? – pergunta a garçonete a Ana Luiza.

– Não. Preciso encontrar um telefone para falar com meu filho, que deve estar preocupado comigo. Traga-me a conta.

– Sim, senhora.

Levantou-se para ir embora, sem saber que Miguel vinha na mesma direção, de braços dados com Suzana. Marta, mãe de Ana Luiza, falou algo com a garçonete, que tinha um semblante de paz.

– Senhora! Senhora! As cabines telefônicas ficam do outro lado.

– Ah, meu Deus, que cabeça! Ah! Só uma pergunta: por que está sendo tão educada? Acaso pensa que lhe darei algum dinheiro por isso?

– Não, senhora, apenas faço o que meu coração manda, mesmo tendo que ouvir isso. É melhor ouvir pessoas mal-educadas que ser surda!

Isis, que obsedava Ana Luiza, ficou furiosa com a arrogância que acabara de presenciar em relação à garçonete. Ela bem sabia o quanto aquela, que era a sua aparente vítima, não havia mudado nada de uma encarnação para outra.

Imediatamente, Ana Luiza mudou de direção. Segundos depois, Miguel e Suzana entraram no restaurante. Rogério ficou muito bravo e esmurrou a mesa do restaurante com tanta violência, que conseguiu derrubar o vaso que a ornamentava. Ali próximo, existia um médium de efeitos físicos[1]. Graças à ação dos Espíritos trabalhadores da seara cristã, o encontro que traria desgraça para muitos foi evitado. Mais uma vez, o mal não teve êxito. Mas sabemos que, infelizmente, se os protagonistas dessa trama não mudarem as suas ações, reformando-se intimamente, estarão sujeitos a desilusões e sofrimentos causados pelas próprias ações desequilibrantes de Miguel Luiz, que sofre pela subjugação, motivada pelo egoísmo avassalador que ainda faz parte de sua vida. E Ana Luiza, mesmo amparada pela força moral de seu filho Francisco, deixa-se levar, mais uma vez, para o sofrimento, vivendo intensamente a sua vaidade descabida. E a jovem Suzana, com apenas dezesseis anos de idade, mostra claramente que é portadora de um poder de indução maléfico, motivado pela sua ganância.

---

[1] *O Livro dos Médiuns,* Allan Kardec, questão 160. Onde fala sobre os médiuns de efeitos físicos, tanto os facultativos quanto os médiuns involuntários.

… 4

Encarnação anterior

Isaura, atual Ana Luiza, era a segunda de quatro irmãos; a mais velha chamava-se Izadora, a terceira era Isis e o quarto, Izoldino. Isis ainda não havia completado seus treze anos de idade, e Isaura sentia muita inveja da beleza dela e também um ciúme doentio do irmão Izoldino, que tanto a amava. Isaura acabou causando a morte de Isis por afogamento em um poço, no fundo da casa dos pais. Para todos, foi um acidente. Sem saber que aquele ato não ficaria impune, Isaura levou a vida como se nada tivesse acontecido. Os pais sofreram muito com a morte da filha amada, mas continuaram suas vidas, pois é assim que deve ser. Um dia, todos nos encontraremos no mundo maior, com a permissão do nosso Pai Celestial, e voltaremos à vida carnal para resgatar os débitos do pretérito, aprendendo a perdoar e a amar segundo as leis que regem o Universo. Alguns, infelizmente, não aceitam a morte de seus entes queridos, revoltando-se, acreditando ser injustiça ou que ainda era cedo para tal fato acontecer. Quando decidem ir por esse caminho, a dor será terrível, pois a revolta alimenta as almas humanas com ódio e vingança, fazendo que elas deixem de viver e passem a morrer aos poucos. Alguns chegam mesmo a adquirir doenças terríveis, como o câncer, por causarem a destruição de células sadias do corpo físico através dos fluidos deletérios e densos liberados pela força da mente para a própria corrente sanguínea. E, como sabemos, não existe injustiça na lei de Deus; se alguém parte de volta para o plano espiritual, foi pela vontade de Deus; só no caso dos suicidas é que foi o próprio homem, por egoísmo, que deliberadamente rompeu, de forma brusca e dolorosa, os laços que o uniam ao corpo físico. Alguns acreditam ser Deus quem toma a decisão de alguém não querer mais viver. Pobres criaturas, irmãos que ainda vivem na ignorância, "Conhecereis a Verdade, e Ela Vos Libertará".

Esses quatro filhos foram criados da mesma forma, e seus pais, apesar de não terem uma vida financeira fácil, sempre lhes deram o melhor, não só material, pois também tentaram dar uma boa formação para eles. Isaura, porém, sempre achava pouco e se dizia injustiçada pela vida. Jovem, bonita e inteligente, sempre se destacou na escola. A irmã Izadora, que era adotada, não possuía tantos atrativos, mas era querida pelos amigos. Izoldino, o mais moço, era diferente no caráter, dedicava-se a ajudar as pessoas e estava sempre pedindo auxílio para facilitar a vida de algum pobre infeliz. Na escola, formava grupos para arrecadar alimentos e roupas em benefício dos desafortunados. A diretora achava maravilhosa a atitude dele e a compartilhava de bom grado. Izoldino pedia à irmã Isaura que o ajudasse, mas ela parecia uma pedra de mármore, fria àquele apelo, e ainda dizia:

– Não sei como você pode gostar de pobreza. É o governo que deve ajudar essas criaturas pobres. E, se existe Deus, e esse Deus, que dizem ser bom, deixou que eles fossem pobres, é porque eles não merecem nada de ninguém. Deus deixou-os na penúria, quanto mais eu, que não sou Deus. Acho até que você está indo contra a vontade desse Deus que tanto ama, dando o que Ele não quis dar.

– Pois penso que você, minha amada irmã, está

equivocada em tudo; primeiro, que Deus existe, e a prova disto está em você poder respirar o ar que Ele criou; segundo, só algo superior a nós teria a condição de criar o mar, o céu, os pássaros e todo o Universo; terceiro, ele é misericordioso e justo, e isso a gente aprende na igreja quando vamos assistir à missa com a mamãe e o papai. Além disso, deve haver algo a mais, que a gente não sabe, para esses Seus filhos, e nossos irmãos, precisarem passar por tamanha prova. Eu mesmo acredito que deve ser para que pessoas como nós possam ser úteis, até mesmo mostrando a Deus que não somos tão ruins, já que sentimos tristeza em ver pessoas que não têm nada e sofrem privações materiais. Acredito que isso também tenha como objetivo desenvolver o sentimento de amor ao próximo e de caridade em nossa alma endurecida.

– Izoldino, meu irmão, não sei como você pode falar assim; por acaso, acha que sou ruim? Eu acho você bom, só não concordo com o seu jeito, pois quer tirar da nossa família para dar a estranhos.

– Eu não tiro da nossa família para dar a estranhos, o que faço é repartir o que me cabe, como as minhas próprias roupas, meus calçados e o lanche da escola que papai e mamãe me dão, e se dou da nossa casa, é com a permissão de nossos pais. Quanto às suas coisas, eu jamais levei uma única peça, pois bem sei que não me permitiria doar algo material seu. Ah, e eles não são estranhos, não; são nossos irmãos em Deus, ou, por acaso, esquece que somos todos filhos Dele?

– Irmãos seus! Meus, jamais! Amo você, Izoldino, por isso lamento que perca tanto tempo catando coisas para dar a vagabundos. Por que não olha ao seu lado e vê que tem alguém que o ama, e não namora? Um dia, você vai ver que tenho razão e vai deixar esse Deus ou Jesus para lá.

– Não fale isso, minha irmã, eu a amo muito, mas, acima de tudo, na Terra, amo a Deus e ao nosso irmão Jesus.

– Odeio quando você coloca esse cordeiro acima de mim! Eu amo você mais que qualquer coisa – falava Isaura com tristeza no coração.

O tempo passou. Izoldino se entregou à vida celibatária, dedicou-se ao estudo da teologia e, anos mais tarde, passou a servir à Igreja com amor no coração. Isaura não aceitava, pois o amor que ela nutria pelo irmão era carnal. Izoldino, então, ficou morando em uma casa que fazia parte da igreja em que ele evangelizava e que era um pouco distante da casa onde ainda moravam os pais e suas irmãs, mas jamais ficou um único dia sem ir vê-los, principalmente Isaura, por saber da necessidade dela de entender o amor de Jesus e de mudar a vida que tinha. Aconselhava-a sempre, além de esclarecê-la quanto às coisas de Deus. Falava-lhe da bondade de Deus, que nos concede sempre um novo dia, e de tantas outras coisas, mas nada chegava a tocar Isaura, que, na maioria das vezes, dava um grito e dizia:

– Pare de falar sobre esse Jesus; já não basta Ele o ter roubado de mim, agora quer também que eu entregue minha alma a Ele?!

O amor de Isaura pelo irmão, que agora era padre, causava-lhe muita angústia. Sempre que podia, ela investia nesse sentimento, mesmo que fosse combatida por Izoldino. Sem conseguir ter o irmão como amante, ela se dedicava a seduzir outros homens, para despertar ciúmes nele. Algumas vezes, relacionava-se com homens casados, loucos por aventura e à procura de sexo fora do casamento como novidade, sempre fazendo inimigos, a maioria esposas desamparadas. Como seu pai adoeceu e veio a desencarnar e, dois anos depois, sua mãe, Isaura não tinha mais preocupação em esconder o sentimento pelo irmão, seu grande amor, atormentando-se cada vez mais, querendo viver um amor impossível. Quando veio a entender que jamais teria o irmão como amante, começou uma corrida insana em busca de sexo, a fim de atormentar de culpa o pobre Izoldino. Até que um dia recebeu um convite de uma senhora de nome Mariana para ir ter com ela uma conversa sobre negócios. Isaura sabia da vida dessa senhora e de seus negócios ilícitos e, mesmo assim, aceitou de bom grado, vendo ali a oportunidade de ouro para contrariar o padre Izoldino. Mariana lhe propôs abrir uma nova casa para mulheres que haviam sido vítimas de seus "amores", homens desonestos que abandonavam pobres moças depois de enganá-las; era assim que Mariana falava, mas isso tudo não passava de um golpe para acolher mulheres desamparadas pelos esposos e mães solteiras, e depois fazer a proposta indecorosa de ganhar o próprio sustento com outros homens. Como Mariana dizia, seria uma forma de espezinhar os que as abandonaram. Isaura ficou maravilhada com a proposta e aceitou de pronto.

Meses depois, ela se transformou em uma das mais cobiçadas mulheres do local, afinal era a irmã do padre Izoldino, e quem não desejaria passar uma noite com ela? Era uma fantasia sexual de muitos. O pobre irmão tudo fez para retirá-la daquela vida. Implorava que a irmã fosse ficar com ele em uma casa na própria paróquia, mas ela jamais aceitou. Tudo o que queria era ferir Izoldino, via nele o amor não correspondido e seu ódio por Jesus aumentava cada vez mais.

Izoldino começou a celebrar as missas com temas como – o abandono da família em busca de aventura, e explicava a seus fiéis que a perdição de um homem estava na busca insana pelos prazeres da carne e que só o Evangelho do Cristo seria a salvação. Aqueles que não lutassem contra esse desregramento, certamente iriam sofrer as consequências de seus atos libidinosos. A verdade é que fez efeito para muitos homens daquela cidade que viam o padre Izoldino como um homem santo. Alguns deixaram de procurar a "Casa da Misericórdia e do Amor", que foi o nome dado por Isaura àquele lugar de sombras e sofrimento, onde, em busca do sexo e do prazer, muitos se perdiam em vales de dor, por abandonar a própria família em decorrência de vícios carnais.

Havia um homem, de nome Castro, preso à teia do desejo carnal, que desejava Isaura como um lobo deseja um cordeiro. Repudiou a esposa, mais velha quinze anos que Isaura. Tomada pela vergonha de ter sido trocada por uma mulher de vida equivocada, isolou-se do mundo em seu próprio cárcere familiar. Não aceitava visitas de ninguém, nem mesmo de familiares e dos filhos amados, que a encontraram morta um dia. Outros se entregavam ao álcool, chorando a falta de amor de suas esposas e caindo nos braços de outras. Naquele lugar sombrio, tudo era pretexto para desregramento, e os que não iam direto para o sexo, depois de tomarem alguns goles de álcool, acabavam se precipitando no abismo sexual.

O padre Izoldino contraiu pneumonia e veio a desencarnar, porém, pouco antes da desencarnação, chamou a irmã e lhe disse que lutasse e que, se não fosse pelo amor a Jesus, que ainda não era capaz de sentir, fosse em nome do seu amor por ele, seu irmão, para sair do vale das sombras antes que a dor viesse e a subtraísse da Terra. Isaura sofreu como uma louca, e a dor era tanta, que estava começando a perder o juízo. Culpava-se pela morte do irmão, algumas vezes chorava entre amigos e dizia que fora ela a causadora da infelicidade dele. A pobre Isaura só não sabia que ela era, na realidade, a causadora da própria infelicidade. Podia ter construído uma vida diferente e feliz, mas fez a escolha errada. Tinha tudo o que precisava para viver bem, mas, no entanto, queria ter o que não podia.

Depois da desencarnação de Izoldino, a culpa passou a atormentá-la tanto, que já não mais tinha vaidade. Convidada a se retirar da "Casa da Misericórdia e do Amor", sem ter para onde ir, foi morar nas ruas.

Izadora, sua irmã adotiva, não a aceitou dentro da casa que era dos seus pais, e ela, sem a proteção do irmão Izoldino, permaneceu nas ruas como indigente durante seis meses. Sem ter conhecimento da vida espiritual, não desconfiava que Izoldino, seu irmão querido, protegia-a mesmo depois da morte do corpo físico. Quando dormimos, o nosso corpo fica em repouso, mas o nosso Espírito, liberto temporariamente, pode ir aos lugares que mais deseja ir, tanto em busca dos prazeres da carne como dos prazeres espirituais. É a nossa vontade mais íntima que determina o caminho a tomar quando deixamos em repouso o nosso corpo. Izoldino ficava esperando a amiga Mauricélia, zeladora da paróquia, em seus aposentos e, assim que a via livre do corpo carnal, ligado apenas ao Espírito por um laço fluídico, convidava-a para ter com ele uma conversa, e a levava para uma colônia que foi antiga morada dela antes de renascer na carne, e confabulavam muito. Alguns pedidos eram feitos a ele por Mauricélia: pedia forças e que ele não permitisse que ela fosse atraída para outro lugar, onde viesse a destruir a própria moral, e que, se possível, fosse ele, o amigo leal, a vir buscá-la para esclarecimentos morais de grande valia para a vida encarnada nos momentos em que seu Espírito deixasse em repouso o corpo físico através do sono. E Izoldino esperava a amiga querida e irmã de ideal cristão, que morava na própria paróquia, adormecer, para lhe pedir que não deixasse a sua pobre e infeliz irmã sem amparo e que fizesse por ela o que o Cristo havia nos ensinado: caridade para com os infelizes e criminosos. E assim foi feito.

Um dia, dona Mauricélia saiu à procura de Isaura, encontrando-a muito doente e quase louca. Levou-a para a paróquia e cuidou dela com amor e zelo, sem que ninguém soubesse. Anos depois, Isaura partiu para o mundo invisível de forma dolorosa, abandonada por todos que a queriam como mulher.

Necessitada de uma nova oportunidade e decidida a voltar à vida física, Isaura iria nascer em berço amigo. A irmã Mauricélia, Espírito de evolução mediana, receberia Isaura como filha. Antes da encarnação como Mauricélia, ela havia sido muito prejudicada por Isaura, em uma encarnação anterior a essa. Mauricélia tinha o nome de Antônia e havia perdido a casa em que morava para Lola, que veio a ser Isaura e, agora, Ana Luiza. Lola era nora de Antônia, mãe de Alexandre, atual Francisco, filho de Ana Luiza. O seu Elias foi o atual Ataíde, e Ana Luiza receberia sua irmã adotiva como um filho, o Adolfo. Izoldino, Espírito de elevada evolução moral, havia muito acompanhava Isaura em encarnações sucessivas, a fim de ampará-la. Ele mesmo havia prejudicado muito esta irmã na área do amor carnal. Eles vieram juntos séculos atrás, na Roma antiga. Ela era Alina, uma jovem de pele alva, olhos azuis e cabelos cacheados e longos; ele, um dos súditos de Pilatos, apaixonara-se por ela e, não sendo correspondido, devido ao amor equivocado que ela tinha por Jesus, lançou-a aos soldados como diversão carnal, levando-a ao ódio. E Alina, mais ainda, transformou-se em uma mulher sedenta por sexo e poder. Ele se arrependeu de imediato e, desde então, vem tentando corrigir o mal que lhe causou, amparando a todos os que encontra em desespero pelo caminho.

O ódio de Alina foi muito maior por Jesus do que pelo soldado que a levara à prostituição. Era a Jesus que ela tanto desejava, e acreditou, em sua ignorância, que não foi correspondida por orgulho do Nazareno, que ela costumava chamar de "cordeiro", e que preferiu a morte na cruz a ser um homem simples e do povo, casado e com filhos. Naquela época, ela não tinha maturidade moral suficiente para entender o amor de Jesus por todos nós. Aí está a fonte da descrença de Ana Luiza em Jesus e do rancor por Ele. Esse soldado, de nome Adenair, tomado pelo arrependimento, continuou encarnando junto a ela para ter o perdão e o amor dela. Três encarnações foram suficientes para ela aprender a amar esse irmão, que um dia fora seu algoz, mas a pobre Alina não aceitava o amor de Jesus, mesmo que ensinado por Adenair. Ele tinha como objetivo, nos preparativos de sua reencarnação, trazendo essa intenção no subsconsciente, ensinar Alina a amar o Cristo e fazê-la entender que foi ele, e não o Mestre Jesus, quem errou. Persistente, sempre resignado, Adenair se tornou um dos mais fiéis servos de Jesus. Alina aprendeu a amar Adenair, que sofria por ter que perdê-la um dia para a morte. Dedicado ao compromisso assumido na Espiritualidade, de cuidar daquela que ele havia desviado do caminho certo um dia, Adenair amparou-a em todas as dificuldades, sem jamais questionar a vida que a sua companheira de encarnação levava. Até que ele percebeu que devia mudar um pouco e começou a vir para ensinar Alina a amar a Jesus acima dele. Pois só assim ela teria a felicidade na Terra. Depois de quatro encarnações, Alina aprendeu a não se entregar mais aos desejos carnais infames. Todas as vezes que Alina encarnava, não conseguia vencer as tentações da carne e sempre fracassava no propósito de lutar contra o vício do sexo. E ela ainda acabava, depois da morte, habitando os vales da sombra, regiões tenebrosas onde o sexo alimenta almas deformes. Alguns encarnados, ao deixar o corpo, vão, espontaneamente, para essas regiões, onde os habitantes vivem em liberdade vigiada, para saciarem seus desequilíbrios sexuais a fim de esgotarem suas energias conturbadas e densas; isso se dá até não aguentarem mais o sofrimento e pedirem ajuda. Estes infelizes, ao serem resgatados, estão com seus perispíritos disformes, os órgãos sexuais também, outros perdem até mesmo os genitais, tamanho é o desequilíbrio e o desregramento com o abuso do sexo. Alina, na primeira vez que ficou nessa região, demorou dois séculos para ser resgatada. Quando recebeu nova oportunidade de voltar à carne, continuou no desregramento sexual e levou outros para a mesma condição em que estava, viciando homens e mulheres em desejo carnal. Foram necessárias cinco encarnações para que ela pudesse ser novamente retirada daquela região, não por merecimento, mas por necessidade, a fim de nova oportunidade redentora. Desta vez, a equipe socorrista, depois de ampará-la, levou-a para um hospital diferente, distante da crosta terrestre, para que as vibrações da Terra não interferissem no tratamento adequado de seu corpo perispiritual, que estava totalmente deformado. Antes que recebesse a permissão para a nova experiência na Terra, Alina iria passar por uma intervenção cirúrgica nos órgãos sexuais e em uma parte do cérebro ainda desconhecida pelos médicos da Terra, a fim de lhe causar uma certa inibição dos desejos carnais mais inferiores, em benefício não só dela, mas de tantos outros com quem ela teria que conviver. Esse processo é muito comum em pessoas que são resgatadas dos vales das sombras. Se não fossem feitas essas modificações perispirituais e incisões necessárias, por meio dessas intervenções cirúrgicas, existiriam na Terra verdadeiros monstros, com suas aberrações sexuais. Ela mesma já havia voltado à carne com idiotia; e, depois disso, reencarnado como uma religiosa em reclusão. Essa encarnação como religiosa foi decidida pelo ministério da reencarnação. Utiliza-se, muitas vezes, esse método, visando à melhoria do modo de pensar do paciente, adotando um afastamento temporário do mundo exterior. Geralmente, esses religiosos não são dos melhores, mas já é um princípio e, com o passar das encarnações, irão evoluir mesmo que lentamente. Infelizmente, a maioria desses irmãos não aceita reencarnar, mas são obrigados, e é aí que entra a reencarnação compulsória. Porém, existem muitos religiosos em reclusão que não têm esse problema de Alina. E muitos encarnados não sabem quais as causas de suas enfermidades, e posso lhes assegurar que a grande maioria provém de desvios sexuais de muitas encarnações. O sexo é o mais violento e perigoso de todos os vícios, apesar de Deus tê-lo disponibilizado como uma fonte prazerosa de vida na carne, para resgate dos filhos amados, porta aberta para a chegada dos Espíritos errantes. O sexo é sublime e nos aproxima de Deus se bem direcionado, mas uma arma letal aos que abusam de seu uso. O sexo, no ser humano, deve ser zona de criatividade e de equilíbrio, porém é necessário, para o seu funcionamento normal, que seja direcionado em uma das duas ações. A pobre Alina, conforme aprendia com as encarnações, sofria por não conseguir se equilibrar nessa área, mas, de qualquer forma, seguia evoluindo. Até conseguiu se equilibrar sexualmente, porém, agora, passou a desviar o desejo da carne para outros vícios, menos infelizes, mas que também a levariam à dor. Embevecida na vaidade de outrora para a sobrevivência do sexo, agora trazia em suas encarnações a vaidade, o egoísmo e a ingratidão. E Adenair, movido pelo amor, não mais da mulher, como era vista por ele antes, agora se compadecia da irmã em Cristo, que levava consigo outros débitos para o plano espiritual, depois da morte, após cada volta que fazia ao corpo físico para resgates do pretérito, sem muitas vezes ter sanado o que havia se comprometido a reparar. Agora, estava ele na vida atual com Ana Luiza, como o amado filho Francisco.

5

O renascimento de Isaura

Uma antiga conhecida de Ana Luiza pediu permissão para recebê-la como filha. Sabia que não seria fácil ajudar Isaura na nova oportunidade, mas, mesmo assim, esperou que seu pedido fosse aceito pelo departamento da reencarnação, depois de ser analisado pela espiritualidade amiga, com a permissão de nosso Pai Celestial.

Mauricélia conhecia Isaura muito bem, inclusive os seus vícios; sabia, principalmente, da falta de amor dela por Jesus e da mágoa por entender, segundo ela, que o seu grande amor e irmão a havia trocado por Ele. Para Isaura, Jesus era um homem injusto e frio. Mauricélia compreendia a situação e aceitou a tarefa, mesmo sabendo das dificuldades para reeducar aquela que viria a ser sua filha amada. O padre Izoldino, seu fiel amigo e Espírito de elevada condição moral, renasceria na carne junto a elas, dando continuidade à sua missão de resgatar Alina das trevas interiores. Viria ele agora como Francisco, neto de Mauricélia, atual Marta. Ele nasceria anos depois, para amparar aquela irmã querida que, num pretérito longínquo, havia perturbado. Elias, atual Ataíde, viria um ano antes de Mauricélia para se encontrarem e, anos depois, construírem a nova, e quase velha, família, agora como Ataíde, pai mais uma vez deste Espírito que agora se chamaria Ana Luiza.

Tudo estava preparado para o nascimento de Isaura, e o propósito, realmente, era o de santificar aquele coração embrutecido. Isaura, mesmo amparada por mãos amigas, trazia consigo o medo de não conseguir vencer e de, mais uma vez, sucumbir na nova oportunidade, já que ela mesma sabia que seria a sua última chance aqui na Terra para aprender a perdoar e a amar, libertando-se dos vícios que sempre foram os motivos de suas quedas. Trazia a certeza, esculpida em sua consciência, de que a vida na carne era um compromisso de crescimento e evolução moral e não poderia, por nenhum motivo, distanciar-se dessa realidade. Algumas vezes, sentia-se revoltada e, com isso, subtraía-se à cooperação de amigos generosos e eficientes. Um dos seus medos era receber, em seus braços, quando chegasse a hora, o seu amado de tantas encarnações, Adenair, que viria como filho querido. E agora estava ela ali, na casa dos seus futuros pais.

Os assistentes desse projeto reencarnatório sabiam que haveria grande dificuldade nesse nascimento, não pelos pais de Isaura, mas pelas vibrações de medo e negativismo dela própria.

Depois do ato sexual, após se entregarem ao sono, foram levados para o plano espiritual os protagonistas desse drama, Elias e Mauricélia, a fim de fortalecerem o compromisso assumido por todos os ali presentes, que era o de aprenderem a amar e a perdoar, libertando-se, assim, das imperfeições egoístas e amparando-se mutuamente. Eu e Irmã Iman fomos convidadas a participar da reunião com aqueles irmãos que logo receberiam, em seus braços, para a santa tarefa de educar, a querida Isaura.

O irmão Estêvão, enquanto conversava com Ataíde e Marta, a futura mãe, pediu que trouxessem Isaura à presença daqueles que seriam seus pais. A emoção foi tão grande, que não puderam conter as lágrimas. Mas o medo da encarnação tomou conta da pobrezinha, que temia fracassar mais uma vez, e os amigos espirituais presentes a abraçaram, passando as mãos luminosas de energias benéficas no alto de sua cabeça, no coronário, no coração, no cardíaco, para aliviar as tensões sentidas por ela.

Marta, em gesto sublime, ajoelhou-se aos pés dela, pedindo-lhe perdão e que não temesse, pois ela estava disposta, com a ajuda que receberia da Espiritualidade, que já servia em seu auxílio como verdadeiros anjos guardiões, a amá-la verdadeiramente; afinal, ela receberia, como presente Divino, a bênção de ter o seu antigo pai como genitor mais uma vez, a quem tanto amava, e que a educaria com muito amor e zelo. Marta estava envolta em luz, e de sua aura cintilavam múltiplas cores: a espiritual era uma mistura de azul índigo com azul--claro e um branco cintilante esverdeado; a perispiritual, mesclada como um arco-íris, exibia as tonalidades rosa, lilás, azul, amarelo, laranja e outras que, devido à falta do conhecimento dos habitantes da Terra, não seria possível imaginar. Diante daquela cena digna de ser retratada por um artista plástico, o irmão Ataíde enxugava as lágrimas que brotavam como água cristalina e renovada fonte de amor e luz.

– Iman, preste atenção nesta sublime união – falou Estêvão.

Eu aguardava os acontecimentos em prece. A irmã Iman e eu ficávamos ali, estarrecidas; eu já tinha assistindo a esse processo algumas vezes, mas parecia ser novidade para mim tamanha a beleza. Iman estava presenciando-o pela primeira vez. O corpo de Marta parecia um vidro, ficara transparente com o toque das mãos de Estêvão na região genésica e, como um riacho brando e límpido, nas trompas de falópio era possível se ver os espermatozoides navegarem rumo à célula-ovo que iria ser fecundada, como uma explosão de amor. O encontro foi mágico. De imediato, um laço fluídico se formou diante dos nossos olhos, maravilhados com a criação Divina. Aquele laço partia do alto da cabeça e do coração de Isaura ao encontro da célula que acabara de ser fertilizada e, mais ainda, resplandecente, jorrando luz, uma energia de cor violeta-azulada.

– Este laço, Iman, irá se estreitar cada vez mais até o momento do nascimento.

Eu já conhecia bem o momento da perturbação

que se dava logo após a concepção. Esta perturbação envolvia o Espírito da querida Isaura e foi exatamente nessa hora que o irmão Estêvão começou a falar:

– Chegou a hora, Isaura, de se conscientizar, pois é chegado o momento da sua nova oportunidade na Terra, porém não se esqueça de que deve lutar contra o desamor existente em você. Assim, vencerá, alcançando o progresso moral tão esperado por você mesma em benefício próprio e, é claro, que esse benefício será irradiado para todos que conviverem com a sua presença.

Naquele momento, surgiu uma luz branda vinda da porta, jorrando serenidade e amor entre nós. Era ele, Izoldino, irmão querido da Isaura, que adentrava pela porta da sala de reunião. Viera para acalmar o coração da irmã amada. Isaura não aguentou a emoção e caiu em seus braços pedindo perdão, dizendo que aprenderia a amá-lo como irmão em Cristo, mas que ela teria primeiro que aprender a amar o próprio Cristo.

– Isaura, irmã amada, não tema, apenas reflita que será uma tarefa que juntos iremos vencer, jamais a deixaria sozinha, pois, tanto quanto você, eu tenho muito a resgatar.

– Você, Izoldino, que chega como um anjo, envolto em luz?

– Se estou envolto em luz é por saber que iria revê-la neste momento de amor. A minha luz é a sua luz, e é por você, irmã querida, que estou evoluindo, para conseguir permissão, sempre que possível, para estar ao seu lado na Terra, e só abandonarei a esfera espiritual do planeta Terra quando juntos pudermos ir para o mundo em que hoje eu poderia habitar, embora pense que ainda faço parte deste planeta de amor. Estarei com você, flor de lírio, pois é assim que a vejo e a sinto, como uma flor de lírio, renascendo dos pântanos interiores, renovando as folhas e deixando surgir uma linda flor perfumada. Eu, Isaura, não seria digno de um mundo melhor se a deixasse para trás.

Depois de longas horas de provas de solidariedade, o irmão Izoldino partiu.

Estavam se unindo às moléculas semimateriais do perispírito as moléculas materiais do que viria a ser o corpo físico de Isaura. Esse processo se daria durante toda a gestação.

– Queridos irmãos em Cristo, é chegada a hora do retorno ao corpo carnal, pois o Sol já está a raiar e a vida continua, só que, em breve, descobrirão que uma nova vida se faz presente no corpo de Marta. É com amor que todos nós rogamos que confiem em Deus e no nosso Irmão Jesus, para que o compromisso assumido venha a prosperar. Que Deus os abençoe.

A partir daquele momento, três irmãos acompanharam os progenitores e a própria Isaura de volta a casa. Isaura iria permanecer lá em uma maca junto aos pais, e, a cada dia passado, ficariam fortalecidos os elos entre eles. Ali seria possível Isaura saber o que acontecia com os seus pais, mesmo estando um pouco fraca e perturbada devido ao receio do retorno à carne. No momento certo, Isaura entraria num processo chamado minimização, que é quando uma equipe preparada e com total conhecimento no processo reencarnatório minimiza o corpo perispiritual do reencarnante para ser colocado sobreposto no ventre materno, tornando-se praticamente um só corpo e Espírito.

Aproximava-se a hora de Isaura entrar no mundo dos encarnados.

Era dia 25 de dezembro quando veio ao mundo uma linda criança, que recebera, antes mesmo do nascimento, o nome de Ana Luiza. Ela teria uma prova muito difícil: deveria aprender a amar o Mestre Jesus através dos irmãos sofredores da Terra. Adenair, que seria Francisco, viria anos depois como filho. O motivo de ele pedir para ser seu filho seria pela grandeza do amor de uma mãe por um filho, considerado o maior sentimento existente no planeta Terra. Assim, quem sabe, por ter tanto amor por aquele filho, aceitaria os seus ensinamentos? Espírito elevado que, por amor a uma irmã prestes a ser retirada do planeta Terra, por não procurar evoluir, apenas buscando o atraso moral, vem agora, em missão redentora, salvar aquela que um dia amou como mulher, mas que, agora, amava como se ama a uma mãe. Ele aprendera a amar a humanidade, igualmente.

6

Insatisfação

– Não consigo entender como você não gosta de ficar com sua família, afinal tudo o que você queria eu fiz, e ainda parece insatisfeito.

– Estou farto de ser cobrado todo o tempo – esbravejava Miguel.

– Cobrança, você fala de cobrança! Eu fui cobrada por você para vender o apartamento do Leme, para vir morar no Leblon, e agora que estamos aqui, já vai para onze meses, continua o mesmo de sempre, sem dar atenção para a família – com olhos em lágrimas, reclamava Ana Luiza.

– Vou sair para espairecer!

– Eu é que preciso fazer umas compras para espairecer.

– Gastar é só o que você sabe fazer. Não se esqueça do compromisso de pagar o banco.

– Banco! Você deveria se preocupar mais que eu; afinal, foi você quem fez o empréstimo com o seu amigo.

– Pois a lembrarei de que o empréstimo está em seu nome, querida! – blefou Miguel, mais para assustar a esposa, pois sabia que, num caso desses, ele era corresponsável pela dívida.

– O quê?!

– Isso mesmo que você ouviu. Ou pensa que, se não for pago, irei me prejudicar?

– Como pode dizer uma coisa dessas? Somos uma família, esqueceu?!

– Família, lorota! Estou farto de você e do seu amado filho Francisco, aquele garoto que é uma praga em minha vida. É diferente de mim, tornou-se meu inimigo. Como posso ser pai dele? Chego a pensar que fui traído por você, afinal ele nem se parece comigo em nada.

– Meu Deus! Como pode pensar isso?!

– Deus! Que ironia, não é mesmo, querida? Você clamar por Deus? Logo a mulher autossuficiente, que não precisa de Deus para nada, ou melhor, não acredita que exista um Deus. Que Deus, mulher! Tenha decência, você o odeia, vive chamando Jesus de cordeiro, e com deboche. Agora fala o nome do Pai Dele!

– Querido, não o estou reconhecendo.

– Muito prazer, meu nome é Miguel Luiz, e eu sou assim! Afinal, se nunca quis ver como eu era, o problema é exclusivamente seu. Nunca escondi quem sou e muito menos do que gosto. Quanto a você, não dê uma de vítima, bem sabe que é igual a mim. Nunca me amou, apenas se acostumou a viver comigo. Pois bem, sabia que eu seria o seu porto seguro, sustentaria a sua insensatez e, agora, estou farto de você e desse filho, se é que é meu!

Aos prantos, Ana Luiza parecia não acreditar no que estava ouvindo. As crianças haviam saído com Isaura e Augusto. Diante da situação, Ana Luiza começou a viver um momento retrospectivo, mergulhada na frase de seu esposo, que dizia "você nunca me amou", e foi como se, junto às lágrimas, caísse também o véu que ocultava o verdadeiro sentimento dela pelo marido.

Embora de maneira irônica, Miguel falava a verdade, ela jamais o amou. Casaram-se por interesses, cada um em busca do que lhe interessava. Ana procurava, mesmo inconscientemente, alguém para ser seu comparsa de vaidade e desrespeito aos filhos de Deus. Miguel tentava se dar bem financeiramente através dos sogros, que pareciam perfeitos para cair no seu golpe de genro bonzinho. Ele conhecia a índole dos pais de Ana Luiza, sabia da generosidade deles e os confundira com pessoas tolas e ingênuas. Acreditou, com isso, que seria perfeito casar com Ana para herdar o patrimônio de seus pais. O egoísmo ainda fazia morada naquele coração empedernido.

Tudo o que é construído de forma irregular o tempo destrói, e só Deus é o alicerce seguro para qualquer construção, seja ela material, seja espiritual. Sem Deus, tudo se torna frágil e ruirá, cedo ou tarde. Não podemos viver sem Ele. A dor, na maioria das vezes, é o caminho para chegarmos a essa conclusão.

7

No dia seguinte

– Querido, temo que eu e seu pai estejamos passando por momentos difíceis e não gostaria que você desagradasse a ele.

– Mas, mãezinha, eu amo o meu pai, jamais tive a intenção de desagradar-lhe, embora reconheça que ele não gosta do meu jeito, e sei que poderia ficar mais calado quando ele está reclamando da situação em que vivemos. Bem, se é o que a senhora deseja, eu farei. Mas lembre-se, mamãe, Deus irá nos guiar, e que seja feita a vontade Dele antes que a nossa. Que sejam para o bem da nossa família esses momentos difíceis que estamos passando. Quem sabe, sairemos mais fortalecidos...

– Querido, gostaria de lhe pedir outro favor.

– Tantos quanto desejar, minha querida mãe.

– Não me fale mais desse Deus que você tanto ama, pois me sinto infeliz em vê-lo dividir o seu amor, que deveria ser só meu, com esse Deus ou com o filho Dele, o cordeiro.

– Mãe, sei que o seu coração, um dia, e espero que seja breve, sentirá o mesmo amor que tenho por Deus e por Jesus. Percebo na senhora a necessidade de amá-Los acima de mim, pois só Deus cura a nossa alma, e Jesus é o remédio para nossas imperfeições morais.

– Não sei se saberia viver dividindo o amor que tenho por você com outra pessoa – respondia Ana Luiza.

– Eles não são outras pessoas, são Seres Divinos. Eles são o próprio Amor. E não seremos felizes se não compreendermos isso.

– Como, querido, você sabe dessas coisas? Ainda é muito jovem para falar de amor, você tem apenas quatorze anos.

– A minha avó dizia que sou muito velho em corpo jovem, e sinto que ela estava certa. Lá na Casa Espírita em que me evangelizo, sinto minha avó e meu avô me orientarem para minorar a sua dor e sei que, de alguma forma, posso entrar em seu coração, pois o sinto sedento de amor, e não por mim, mas por Jesus.

— Sou contra você ir àquela casa espírita, mesmo porque aquela casa deveria ser nossa, e os seus avós, na pessoa de mamãe, tiraram de nós.

— Não acho que nos pertencia, pois, se assim o fosse, seria nossa. Deus só nos dá o que é de fato meritório.

— Então, acha justo termos perdido a casa?!

— Acho que deve ter sido melhor para o nosso aprendizado, como ensina a Doutrina Espírita; quem sabe, não é um modo de resgatarmos um débito do nosso passado, mesmo que remoto?

— Ah, querido! Eu o amo tanto, que quase acredito nas suas tolices às vezes.

— Eu também a amo muito, e é por esse amor que sinto que lhe rogo aprender a amar Jesus por intermédio de nossos irmãos desafortunados. O mundo não é a nossa casa, e as dificuldades devem nos servir de instrumento para a nossa glória, e não como empecilho. Tenho esperança de que a senhora sentirá a vida pulsar em seu coração quando se preocupar em melhorar a vida de pessoas simples e necessitadas que façam parte do nosso mundo. Hoje assisti ao jornal e, se fosse maior de idade, iria ser voluntário na África...

— Ah, essa não! Você também! Já não basta o papai

e a mamãe terem sido voluntários na África, agora vem você querer ser um!

— Isso mesmo, mamãe. Sinto que o amor vive lá, pois nossos irmãos mais necessitados moram lá. Aqui também têm, mas os daqui são mais assistidos. Rogo a Deus que nos permita, um dia, ir até lá. Sei que a senhora iria aprender a ser feliz na África, pois lá não teria tempo para vaidades, e o amor habitaria o seu nobre coração.

— Meu filho, como eu o amo! Como pode chamar o meu coração de nobre, se bem sabe o quanto sou vazia de sentimentos bons. Acredito que só serei feliz no dia em que ganhar uma fortuna.

— Eu também acredito nisso, minha linda mãe. Só que essa fortuna virá em forma de dor.

— Se for assim, espero que eu não a receba!

Naquela conversa evangelizadora, a mãe, sem saber, começava a sentir algo diferente. A semente lançada ao coração de Ana Luiza, desde a época em que havia sido Alina, havia se transformado em árvore seca e, agora, uma tímida folhinha estava começando a brotar dela.

8

Os documentos

– Estou farto desse banco, aquele gerente incompetente – bradava Miguel, em conversa com Ana Luiza.

– O que está acontecendo, Miguel? Nós fomos bem atendidos pelo gerente, que sempre foi muito educado e gentil conosco. O que houve?

– Precisamos mudar de banco. Sinto que merecemos um banco melhor, e até pensei em fechar a nossa conta bancária, apesar de que jamais faria isso sem a sua permissão.

– Fico feliz, querido, por pensar assim. Bem, se é isso que deseja, iremos ao banco e fecharemos nossa conta; tenho que assinar os papéis mesmo!

Ao lado de Miguel Luiz encontravam-se as duas entidades obsessoras, Isis e Rogério. Ele manipulava facilmente a mente perturbada e cruel de Miguel, e Isis se divertia em ver a antiga irmã, sua assassina, fazendo papel de tola. Tudo não passava de uma trama perversa de Miguel para subtrair o apartamento novo da família.

– Ana, você não precisa ir, eu mesmo posso fazer tudo. Trarei amanhã os documentos para você assinar. Explicarei para aquele idiota que você está impossibilitada de ir até o banco...

– Mas eu posso...

– Será que não posso sentir ciúmes de você? Vejo como ele a olha e não gosto. Penso até que você gosta.

– Querido, você tem ciúmes de mim? Que lindinho...

– Não quero que você volte lá, entendeu?

– Tudo bem, se isso o conforta, não irei mais.

– *Rogério, acha que vai dar certo este plano?* – questionava Isis.

– *Claro que irá. Afinal, a nossa amiga Suzana faz a parte dela muito bem.*

— *Bem, isso é verdade, ela consegue deixar Miguel louquinho por ela! – Isis comentava de maneira irônica.*

✳ ✳ ✳

— Mamãe, acho que a senhora não deveria assinar papel nenhum – dizia Francisco, sentindo que algo não estava certo.

— Meu filho! Pelo amor desse seu Deus e do seu amigo cordeiro, não se meta nesse assunto, que sei o que estou fazendo. Olhe, seu pai está melhor comigo, acredito que ele pensou melhor nas palavras amargas que me disse e se arrependeu; está até com ciúmes de mim, coisa que ele não sentia havia muito tempo.

— Temo pelo seu futuro – cautelosamente, falava Francisco.

— Meu futuro, querido, é você e o seu irmão, ou melhor, a nossa família feliz.

Na verdade, Ana Luiza não dava credibilidade ao jovem Francisco.

— *Esse garoto é um inferno – gritava Rogério.*

— *Eu não gosto dele, pois é cego quanto a essa criminosa; não imagina que ela é capaz de matar qualquer pessoa para conseguir o que deseja – Isis comentava com Rogério.*

– *Vamos sair desta casa agora e voltaremos quando o clima melhorar para a gente. Eles estão chegando, já sinto uma dormência na cabeça e, se ficarmos aqui, tentarão nos convencer de que estamos errados; até a minha mãe, que sofreu com esse miserável, está do lado deles –* esbraveja Rogério, que se precipitava em sair da casa.

– *Sei como é, meus pais sempre amaram a Isaura; eu e Izadora éramos menos amadas, e acredito até que nem se importaram com a minha morte. Como eles puderam acreditar que foi acidente?! Eu jamais iria me aproximar daquele maldito poço, a minha mãe sabia do meu pavor por ele. Um dia, eu mesma pedi que eles o soterrassem. Mas ela me paga! Ou melhor, já está pagando! Dizem que o mal que se faz na Terra é na própria Terra que se paga, e agora sei que é verdade.*

9

No cartório

— Gostaria de falar com Arnaldo, por favor – pediu Miguel, procurando o gerente do banco.

— O senhor Arnaldo não virá, pois não passou bem e telefonou avisando que não trabalharia hoje, mas o senhor pode falar com seu Euclides.

— Ótimo. Falarei com ele.

— Bom dia, senhor Miguel, hoje terá que tratar dos seus negócios comigo, porque o nosso amigo se encontra adoentado – disse Euclides.

— Bem, preciso saber o que tenho que fazer para cancelar a minha conta aqui; infelizmente, minha esposa está gastando muito, e estou preocupado com as nossas finanças.

– Mas o nosso banco é um dos melhores, e o senhor sempre foi bem assistido. Ou estou enganado? Será que houve algo que veio a lhe desagradar?

– Não. Isso jamais! A verdade é que estou pensando em encerrar minha conta e não fazer outra por enquanto. Preciso decidir algumas coisas com a minha senhora, acho que o senhor entende.

– Vejo que não pretende mudar de ideia mesmo...

– É verdade. Mas, se nós viermos a mudar de ideia, pode acreditar que voltarei para este banco, que eu também acho ser o melhor. Ah! Senhor Euclides, trouxe um presente para o Arnaldo a fim de mostrar a minha gratidão pelo trabalho maravilhoso de vocês aqui. Já que ele não veio hoje, comprarei outro para ele e darei este para o senhor, pois bem sei que o merece.

– Fico muito grato, senhor Miguel, e mande lembranças para a senhora Ana Luiza e as crianças. Só tem uma coisa, dona Ana terá que assinar os documentos para encerrar a conta, já que é uma conta conjunta.

– Eu sei e gostaria de saber se posso contar com a sua generosidade mais uma vez e levar os papéis para a Ana assinar. Ela irá viajar hoje com meu filho para fazer uma cirurgia em São Paulo.

– Meu Deus! Ele está doente?

– Ele tem sopro no coração e nós temos amigos médicos cardiologistas, em São Paulo, que irão cuidar de tudo. Eu confio neles – respondeu Miguel, cinicamente, inventando uma mentira.

– Que tudo corra bem – desejou Euclides, aliviado.

Estava dado o primeiro passo para o plano maléfico de Miguel, com o auxílio de Isis e Rogério.

※ ※ ※

– Suzana, meu amor, já fiz o que combinamos, só resta Ana assinar os papéis, e eu poderei fingir que vendi o apartamento.

– Estou louca para comemorar a nossa vitória! Você é muito inteligente, e é por isso que o amo, amorzinho. Estarei no lugar de sempre para festejarmos!

– Chegarei em meia hora. Beijos. Amo você, nunca se esqueça disso.

Justina, preocupada com as atitudes da filha, havia ficado escondida atrás da porta do quarto de Suzana para ouvir a conversa. Ela já previa que a filha e Miguel estavam tramando algo de ruim.

– Com quem você estava falando, Suzana? – questionou Justina.

– Com uma amiga.

– Minha filha, não faça nada de que você venha a se arrepender. Bem sabe que Ana Luiza é uma pessoa boa.

– Boa! Está brincando comigo? Ela é egoísta e desequilibrada, trata mal até mesmo a Mercedes, que cuida dela desde pequenina. Ela só liga para aquele retardado do Francisco. Às vezes, penso que o Miguel tem razão, o garoto talvez não seja filho dele.

– Pelo amor de Deus, filha, nunca diga uma coisa dessas. Bem sabe que a Ana jamais sairia com outro homem.

– Eu mesma não sei, não! Ela não é melhor que eu; pelo contrário, é muito pior. Uma criatura que a própria mãe deixou na mão.

– Marta jamais deixaria a filha desamparada, tudo o que fez foi exatamente pensando no melhor, afinal ela bem conhecia Miguel Luiz e temia que ele tirasse tudo de Ana e dos filhos, deixando-os na miséria. Eu também acho que ele é capaz de qualquer sordidez. Só espero que você não seja.

– Penso que a senhora está ficando louca e que seria capaz de fazer o mesmo comigo.

– Não, minha filha, eu não teria essa coragem, e sabe por quê? Porque sou fraca. Mas uma coisa é certa, quem muito quer nada tem.

– Miguel tem razão; se casarmos, terei que tomar uma providência para não acabar como a priminha Ana.

– Do que está falando? Veja o absurdo que acabou de dizer. Será, minha filha, que você me deixaria na pior?!

– Estou atrasada e não posso ficar perdendo meu tempo precioso com uma conversa tola dessas. Irei sair e não sei a que horas voltarei.

– Que Deus tenha piedade de você, minha filha, já que você mesma não tem.

Com aquelas palavras, Justina chegou a uma triste conclusão: teria que alertar Ana Luiza. Mas como? Não podia falar sobre o romance da filha, que era prima e afilhada de Ana. Justina baixou a cabeça e começou a chorar. Aquela pobre mulher estava ali, sofrendo os atos praticados por ela mesma no pretérito, quando fora o marido daquela que hoje era o seu bem maior, a filha

Suzana. A lei de causa e efeito estava se fazendo presente por intermédio de Suzana. Fora ela mesma, outrora como Castro, que havia abandonado a esposa por uma mulher mais jovem, que era Isaura, não se preocupando com o futuro da esposa e dos próprios filhos. E temia ser abandonada pela própria filha. Pegou um livro que havia ganho de Marta e o abriu para ler. Na página, aberta ao léu, continha a seguinte mensagem. "Vigiai as suas próprias ações, para que mais tarde não sofra o desgosto que outrora tenha causado a alguém." Justina fechou o livro rapidamente e chorou copiosamente, orando a Deus:

"Senhor, perdoai-me as ofensas contra os meus irmãos e, se outrora fui eu o algoz, que eu possa amenizar a dor causada por minhas mãos contra meu irmão. Apenas peço, Senhor, que me dê forças para suportar, sem sentir o fel da revolta. Mas, se eu não for digna do Vosso amparo, que eu possa experimentar a dor o mais breve possível, enquanto ainda tenho forças para suportar. Que a Vossa misericórdia se apiede de mim. Amém."

Marta estava ali, próxima a Justina, acalentando e fortalecendo-a.

10

Mau exemplo

Miguel havia levado Adolfo para o cartório, onde seria feita uma procuração dando plenos poderes para ele movimentar como pretendesse os bens da esposa. Já haviam liquidado o empréstimo com o banco e a escritura do apartamento do Leblon se encontrava no nome dele e de Ana Luiza. O filho Adolfo, ali com ele, fazia parte do plano. Caberia ao garoto derramar algumas lágrimas ao sinal do pai. O resto era por conta dele.

– Bom dia, senhor – cumprimentou, gentilmente, Miguel.

– Bom dia, amigo. Em que posso ajudar?

– A minha esposa se encontra enferma, e nós estamos precisando vender um imóvel para pagar a despesa do hospital. Além disso, temos dois filhos e, com a mensalidade do colégio "pela hora da morte", começamos a ficar apertados. E não vemos alternativa que não seja vender um pequeno imóvel que temos. O advogado nos instruiu que eu poderia procurar este cartório para fazer uma procuração, e ela assinaria, permitindo-me agir por nós dois.

– É verdade – confirmou o escrivão.

No meio da conversa, Miguel olhou para Adolfo e fez um sinal. Ele, de imediato, entendeu e começou a chorar, cabisbaixo.

– O que está acontecendo com ele? – perguntou, preocupado, o escrivão.

– Segundo o psicólogo, ele está sofrendo de depressão e, infelizmente, não sei mais o que fazer. Estou em uma situação desesperadora, a minha esposa doente, e ele nesse estado.

– Depressão? Mas por quê?! – curioso, interrogou o escrivão.

– Como falei antes, minha esposa está doente,

com câncer, e como eles ficam tempos demais sozinhos sem a mãe, sentem falta dela, já que ela fica mais tempo no hospital que em casa. Eu não consigo ser pai e mãe, acho que você entende, não é?

– Meu Deus! Deve ser muito difícil essa situação. Você disse *eles*? Tem outro filho?

– Ah, tenho! O outro é mais duro que este, e é de se compreender, afinal este é o mais novo.

E, usando de mentiras para sensibilizar o homem, Miguel ria intimamente.

– Deixe-me agilizar os papéis, afinal sua vida está um pouco complicada, e não pretendo complicar mais. Pronto, está aqui a procuração para a sua esposa assinar. Aguardarei o seu retorno para darmos prosseguimento aos trâmites.

– Graças a Deus que o senhor é um homem compreensivo.

– Olhe, amigo, tenho uma esposa que é tudo para mim e não sei o que seria de mim se ela estivesse na situação da sua. Eu venderia tudo para tê-la comigo. Vá com Deus. Espero que o senhor seja ainda muito feliz com a sua família, pois vejo que o senhor é um homem temente a Deus – disse o homem, comovido com as palavras de Miguel.

Saíram do cartório pai e filho, rindo à custa da boa-fé do generoso homem. Só que eles não sabiam que Rogério e Isis, no mundo invisível, divertiam-se com a queda moral deles e, ao mesmo tempo, condenavam as ações maléficas dele e de Adolfo, pois, embora este fosse um adolescente para os encarnados, era um Espírito adulto, astuto e vingativo, mesmo inconscientemente. Ele, Adolfo, trazia a mágoa de não ser o favorito dos pais quando ainda era a Izadora do passado. Aquelas pobres criaturas se nutriam de ódio e traziam marcas profundas de dor, por permanecerem no mal.

11

Livre-arbítrio

EM CASA DE MIGUEL E ANA LUIZA, VIVIAM DUAS pessoas que, infelizmente, alguns encarnados consideram não ter valor algum – eram Augusto, filho da empregada doméstica, e Mercedes, a própria empregada da casa. Eram Espíritos nobres, que encarnaram com os mesmos propósitos de Marta e Ataíde, na mesma cidade. Amigos de várias encarnações, Espíritos de elevada condição, comprometeram-se a ajudar Francisco quando chegasse a hora. Nada é por acaso, pois não nasce um único ser sem a permissão de Deus, e tudo tem um porquê. Marta e Ataíde receberiam Ana como filha, e esta receberia Francisco, Espírito com uma bela missão de amor. Porém, não seria fácil para Francisco, porque a mãe não era nada cristã, e isso os Espíritos amigos, colaboradores na tarefa de preparar a encarnação de almas para a Terra, já sabiam. Assim sendo, Francisco teria dificuldade em receber uma educação religiosa, se essa tarefa ficasse apenas nas mãos dos pais. Depois de ter sido muito bem planejada a encarnação de Francisco, os amigos espirituais aceitaram o pedido de Laura e Rayra, dois antigos amigos de Francisco, que também poderiam estar em outro mundo mais evoluído que a nossa amada Terra, para acompanhá-lo nessa tarefa de amor a uma irmã que estava afastada de Jesus havia muito. O outro motivo seria a volta dos pais de Ana Luiza muito cedo para o mundo espiritual. Ana teria os filhos e não conseguiria educá-los sem a ajuda desses amigos. Ela mesma dificultaria a própria ajuda, impedindo que o filho Francisco recebesse uma educação cristã, não que ele já não fosse um verdadeiro cristão, mas, como humano, habitando um mundo tão cheio de atalhos e ilusões, ele também poderia não conseguir completar a sua tarefa.

Rayra viria como Augusto e seria o seu melhor amigo e companheiro, para participarem dos estudos evangélicos na Casa Espírita. Laura recebeu a tarefa de ser a mãe de Augusto. Ela era um Espírito forte e determinado e, então, ficaria mais fácil para não se desviar do caminho reto. E, assim, nasceram juntos Marta, Ataíde e Laura, atual Mercedes, empregada doméstica de Ana Luiza. Por muitos anos, foi Mercedes quem ficou sendo a mãe de Ana Luiza, principalmente depois da volta dos pais dela para o plano espiritual. Quando Ana ficou grávida de Adolfo, seu primogênito, Rayra e Izoldino se preparavam, no plano espiritual, para nascerem em breve. Mercedes ficaria grávida na mesma época que Ana Luiza, pois, assim, os seus filhos teriam a mesma idade, e seria mais fácil para todos compreenderem a amizade tão intensa deles.

Três anos depois, Ana Luiza temia engravidar, porque não podia aceitar a ideia de deformar o corpo, ou até mesmo de ficar presa, tomando conta de mais um filho, e o marido saindo todo o tempo. Então, Ana tomava pílulas para não engravidar. O tempo estava passando e já ia para o segundo ano depois do nascimento de Adolfo. Francisco tinha uma missão e não poderia vir por intermédio de outra pessoa, mesmo que fosse alguém muito próximo de Ana Luiza, pois não teria o mesmo efeito.

Era uma noite de Natal, Ana e Miguel estavam em uma festa de amigos, e a bebida era o prato principal daquela chamada "ceia". Já havia entrado a madrugada, e os dois pareciam feras, prestes a se acasalarem dentro do carro, na volta para casa. Os amigos espirituais estavam ali, atentos, para que nada acontecesse com eles, mesmo que não fizessem por merecer a ajuda do Alto, mas tudo tinha um propósito.

Os dois resolveram parar o carro em um lugar afastado da avenida principal, esquecendo, assim, das pílulas anticoncepcionais. Era chegada a hora de a espiritualidade amiga trabalhar para a volta de Izoldino à Terra. Estava ali a oportunidade bendita, dada pela própria invigilância do casal, para o retorno desse irmão à carne. É exatamente assim que acontece quando os casais precisam ter filhos e os evitam, e esses não podem vir de outra forma a não ser como filhos de sangue. Nesse caso, o amor por ele seria bem maior da parte de Ana Luiza, facilitando, assim, que aceitasse o que dele viesse. É claro que os amigos espirituais estariam presentes naquela gestação, amparando-os para que não houvesse o aborto devido à falta de vontade de ser mãe da nossa irmã Ana Luiza. Agora seria a hora da volta de Rayra, que ficaria sob a responsabilidade da simples e generosa Mercedes, empregada doméstica de Ana.

Uma semana depois, em leito respeitoso em modesta casa, Mercedes e o marido Aténio se completavam em amor e harmonia. O quarto contava com a proteção do Alto em virtude do merecimento do casal. Esperançosos para ter um filho, o casal se desdobrava em carícias íntimas. Logo estariam recebendo a notícia: seriam pais de um lindo menino. Nasceria em breve Rayra, que viria a ser Augusto. Uma semana depois, Aténio retornou à pátria mãe, vítima de um infarto.

Nada acontece sem a permissão do Nosso Pai Maior. Mesmo quando acontecem coisas ruins, há um objetivo, e sempre de aprendizagem. Como fala um amigo espiritual nosso, "todo mal vem para o bem". Ela passaria mais tempo no apartamento dos patrões e cuidaria das três crianças, não tendo tempo para sofrer a perda do esposo amado. Por ter mérito, seria também um benefício para ela.

Ninguém pode se desviar do caminho como pensa e, cedo ou tarde, terá de entrar nele para evoluir. Todos nós temos algo a realizar e, se já não estivermos encarnados, realizamos em Espírito.

Darei aqui um exemplo de que estamos sempre sendo chamados aos compromissos assumidos. Deixarei claro que esse exemplo é apenas para facilitar o entendimento e <u>não</u>[1] se trata de uma irresponsabilidade. A nossa querida amiga que nos serve, gentilmente, como ponte para que essa história seja conhecida por todos não tem o hábito de jogos e muito menos de jogos na internet. Não estou dizendo com isso que sejam ruins os jogos, até porque não nos cabe tal comentário, mas, recentemente, ela foi convidada a participar de um pela internet. Trata-se de uma brincadeira interativa, mas ela não se deixou levar, em nenhum momento, pelo excesso que levaria ao vício. Sem se desviar dos seus trabalhos materiais e, principalmente, dos espirituais. Digo, com isso, que o problema não é o jogo, mas o excesso. Ela continua participando dessa brincadeira, sem, contudo, deixar-se desviar dos seus compromissos assumidos no plano espiritual. Só que poderia ser o contrário: poderia se deixar levar por brincadeiras viciosas e afastar-se do compromisso assumido, endividando-se espiritualmente. Contudo, cedo ou tarde, mesmo que fosse em outra encarnação, ou até mesmo por meio da dor, que impulsiona ao objetivo principal, que é o da evolução moral, teria de continuar o que veio fazer e que deixou de realizar nesta existência.

---

[1] Grifo da autora espiritual.

Mas o que estou a falar é que jamais podemos nos desviar do caminho, pois há sempre, junto a nós, Espíritos a nos alertar sobre o nosso compromisso e, quando não estamos dispostos a ouvi-los, sofreremos as consequências das nossas irresponsabilidades por meio da dor, e não importa em que seja, compromisso é compromisso, e falo aqui do compromisso responsável e positivo. O vício, que nada mais é do que o excesso de algo a nos levar por um caminho negativo e sem responsabilidade, seja no jogo, seja em outro setor, pode vir a nos desviar de nossas obrigações. Podemos fazer qualquer coisa que não venha a nos trazer prejuízo. Alguns prazeres mundanos fazem parte da nossa lenta evolução e, talvez, se não fôssemos procurar um jogo, dependendo de quem somos, iríamos procurar outra diversão mais perigosa. "Tudo é lícito, mas nem tudo convém", como nos disse o querido irmão Paulo de Tarso. Deveríamos sempre tentar modificar os nossos gostos, apurar mais, equilibrar os nossos pensamentos e, dessa maneira, não correríamos o risco de nos deixarmos levar pelo excesso, excesso esse que fatalmente nos levará ao desequilíbrio. Existe hora para tudo. Principalmente para os prazeres mundanos.

Devemos estar conscientes de que não viemos à

Terra para diversão, de que não se trata de uma colônia de férias, mas, sim, para a realização de nosso processo evolutivo com amor e responsabilidade, sem nos deixarmos ser ludibriados pelo próprio desejo.

12

O apartamento do Leblon

— Passarei o apartamento para o seu nome, querida, e Ana não ficará sabendo – dizia Miguel, dando a notícia tão esperada a Suzana, entre beijos e carícias.

— Não posso acreditar, meu amor! Estou tão feliz! Seremos muito felizes quando você se separar da Ana, pois não aguento mais vê-los juntos, morro de ciúmes e, às vezes, penso em dar um basta nesta situação.

— Você não precisa fazer nada, não quero que fiquem contra você e deixarei claro que sou eu que não a amo mais.

— Quando fará isso? – perguntava, ardilosamente, Suzana.

— Só terei que passar hoje no advogado e pedir que ele faça o que for necessário para o apartamento ser nosso, ou melhor, seu, por enquanto. Depois, ele volta para o meu nome, como combinado.

— É claro, querido. Afinal, ele é realmente seu, conseguiu com seu próprio esforço!

O tempo passou, e Miguel, junto a Ademar, advogado e amigo, pessoa de má-fé, providenciou que fosse feito tudo dentro da lei, como manda a justiça da Terra, para que o golpe contra Ana desse certo. Estava de fato consumado o golpe.

A noite chegou e Miguel estava voltando para casa a fim de dar por encerrados vinte anos de convívio. Entre eles já não existia casamento, apenas aparência, sem o compromisso de responsabilidade, amor e dignidade, apenas interesse.

No plano invisível, Rogério e Isis estavam em festa, comemorando a queda de Miguel; eles bem conheciam a situação de quem se acha esperto quando encarnado, além da decepção e da dor que, depois da desencarnação, tem de enfrentar. A consciência martirizada, o verdadeiro choro e ranger de dentes. Ninguém fica impune às leis de Deus, e não seria uma exceção para aquele casal. Não houve, por parte de Ana Luiza, nenhuma mudança em sua natureza má. Apesar de se arrepender no plano espiritual, antes da encarnação como Ana Luiza, continuou com sua tendência má. Assim é feita a justiça de Deus. Ela não seria isenta de perder o bem material, por não ter merecimento, nem poderia ganhar o mesmo prêmio, ou melhor, recompensa igual a outra pessoa que viveu toda a sua vida praticando as virtudes que caracterizam um bom cristão. Onde estaria a Justiça Divina se desse o mesmo prêmio para os que são intimamente bons e intimamente maus? É essa a incoerência que vemos naqueles que creem que o pecador, somente por ter se arrependido, vai para o céu. São necessárias ações benéficas. E, se Deus permitia essa dolorosa situação, era apenas para sanar débitos do passado e, se não houvesse as mãos humanas, seria de maneira natural, porque ninguém parte da Terra sem pagar até o último centavo. Uma coisa é certa, cedo ou tarde, aqueles que causam dor recebem dor, de um jeito ou de outro, não como vingança, mas como lei de ação e reação. Miguel e Suzana não precisavam praticar essa ação maléfica, mas como, em encarnação anterior, Ana Luiza retirou o imóvel de Antônia, atual Marta, hoje sofreria a dor de ficar sem um lar para morar.

13

O amor de Francisco por Ana

— Filho, estou sentindo uma angústia, e o seu pai ainda não chegou, e estou preocupada – comentava Ana com Adolfo.

— A senhora só pensa coisa ruim, mãe; nada vai acontecer com meu pai, ele é bom – respondeu Adolfo, aborrecido com o temor da mãe.

— Dona Ana, não fique preocupada, ore a Deus, que o seu Miguel logo chegará – falava Augusto, carinhosamente.

— Ponha-se no seu lugar! Você escutou minha mãe perguntando alguma coisa aos empregados?! – explodiu Adolfo, aborrecido com a atenção de Augusto para com sua mãe.

– Não, senhor. Perdoe-me se fui indelicado – a simplicidade brotava das palavras humildes daquele garoto de luz. Conhecendo a natureza de Adolfo, entendia que ele ainda não podia compreender a preocupação e a generosidade de um irmão para com outro.

– Adolfo, meu irmão, sei o quanto ama o papai; eu e mamãe também o amamos, mas Augusto só quis ser generoso, acalmando o coração da nossa mãe. Obrigado, Augusto, pela preocupação, e é exatamente o que faremos, oraremos para que o nosso pai retorne bem ao nosso lar. Se não for abuso, gostaria que você, meu generoso amigo, orasse por nossa família. Sei que seu nobre coração pode ser ouvido por bons Espíritos.

– Obrigado, Francisco – respondeu Augusto, retirando-se do ambiente.

– Não sei como podem dar tanta liberdade a empregados, seres sem instrução. O papai tem razão, vocês merecem perder tudo para valorizar a generosidade dele.

– O que quer dizer com isso, Adolfo? – perguntou, assustada, Ana.

– O papai estava dizendo ao nosso advogado, pelo telefone, que a família dele não o merece, que a senhora é a futilidade em pessoa, pois só pensa em gastar, em academia, em restaurantes caros e tantas outras coisas. O Francisco nem parece ser da família, só tem pensamento pobre, e nunca vai vencer na vida misturando-se com os empregados; às vezes, parece que a mãe dele é a empregada Mercedes. Acho até que o meu pai tem razão: quem sabe ele não é filho dela com aquele imbecil do esposo, que acabou morrendo sem vencer na vida. E essa história de Espiritismo herdou dos seus pais, dois velhos loucos...

– Pare, Adolfo, aonde vai parar falando assim? São seus avós, podiam até ser esquisitos, mas nunca doidos – ralhou Ana, resolvendo dar um basta naquela conversa.

– Adolfo, oro a Deus que você modifique seus pensamentos. Mercedes e Augusto são pessoas honradas, dignas, penso até que são melhores que nós; são pessoas simples e honestas, são verdadeiros cristãos; eu os amo muito e os tenho como parentes, afinal não se esqueça de que ela nos criou também. A mamãe ainda não estava madura para nos educar, e foi Mercedes quem nos presenteou com educação religiosa, apesar de você não gostar de ir até a Casa Espírita, quando era pequeno. Quando eu tiver uma casa própria, levarei meu amigo Augusto e a querida Mercedes para morarem comigo.

– Ah, meu filho! Você não gostaria de continuar morando comigo? – perguntou Ana, enciumada.

– Eu não disse isso. A senhora é o meu bem precioso, jamais a deixaria sozinha, só não sei se a senhora iria precisar ficar comigo já que tem o papai. Eu amo muito a nossa família e oro a Deus que nunca precisemos nos separar.

– Vire essa boca para lá, garoto! Deus me livre de separação. Só o que me faltava, ficar sozinha, sem marido! O que iriam pensar de mim? Que sou uma incompetente e não consegui segurar o meu esposo? Essa hora nunca chegará!

– Jamais desejaria isso, minha mãe. Acho que a senhora pode ficar bem se algo vier a acontecer, basta confiar em Deus, pedindo forças para suportar as provas da vida.

– Meu Deus! Que conversa é essa, Francisco? Acaso ouviu algo e não quer me dizer?

– Não. Só digo isso por sentir que a senhora se apoia muito no casamento e se esquece de se amar como mulher íntegra. Eu a amo muito e espero que seja sempre feliz, embora sinta o seu coração triste e preocupado. Mamãe, por favor, venha comigo, pelo menos uma vez, à Casa Espírita. Lá sentirá paz em seu coração e se fortalecerá aprendendo a ser útil de verdade.

– Como assim, garoto, ser útil de verdade? Está me chamando de inútil?

– Claro que não, apenas digo que ser útil verdadeiramente é servir quem de fato necessita, amar aqueles que nada têm para nos dar e sem exigir deles o que ainda não têm e não sabem dar. Deus habita o nosso coração e deseja de nós o amor aos Seus filhos. É maravilhoso servir e amar, perdoar e aceitar a imperfeição do outro sem reclamar e cobrar perfeição. Nós mesmos somos imperfeitos, ou melhor, imensamente imperfeitos, e como podemos cobrar perfeição de alguém? Ah, minha mãe, eu a amo muito e sei que preciso ajudá-la a entender isso. Ame a Deus e a Seu filho Jesus nos humildes e simples seres da Terra.

Adolfo, sorrateiramente, e com olhar de deboche, retirou-se para o quarto enquanto ouvia Francisco orientar a mãe. Aquilo o incomodava de fato.

– Meu filho, como você é diferente, o seu pai tem razão. Acho que os culpados foram Mercedes e meus pais, que o alienaram.

– Não, minha mãe. Eles me amam e me ensinaram

a ser útil, e sou muito grato a eles por isso; não sei o que seria de mim se não me mostrassem os ensinamentos cristãos. A senhora não gosta de religião, mas ela ainda é necessária.

– Ainda? Então haverá o dia em que religião não será mais útil?

– Útil, sim; necessária, não. Aqui na Terra, toda religião é importante, e seus seguidores procuram aquela que possam entender de acordo com a sua capacidade de compreensão. Nem todo mundo entenderia a Doutrina Espírita, alguns acreditam que não passa de fantasia por não conseguirem entendê-la ainda. Eu entendo e aceito o pensamento desses irmãos. Afinal, deve ser realmente muito complicado o entendimento dela para aqueles que não conseguem entender como é possível morrer e continuar vivo em dimensão diferente da nossa, dimensão essa muito mais sutil, a ponto de ser mais sutil que qualquer gás existente em nossa vida na carne, e ainda acreditar que todos iremos continuar a vida além da morte. Penso até que deve ser um choque quando esses, no plano espiritual, despertam e constatam que é real.

– Então, querido, espero por esse dia feliz. Assim, não ouvirei você falar tanto sobre essas coisas.

– Rogo a Deus que a senhora se modifique e não sabe o quanto lamento por não ter a força necessária para que sinta a vontade de mudar. Deus é tudo em nossa vida, e Jesus veio nos ensinar isso. "Ninguém vai ao Pai senão por Mim", disse o nosso Mestre Jesus. Ele ainda disse: "Eu sou o caminho, a verdade e a vida".

– Meu Deus! Você parece um padre falando. Será que tem vocação para me abandonar e me trocar pelo cordeiro? Não, meu filho, eu morreria de desgosto. Jamais me abandone. Todos podem me deixar, mas você, amor do meu coração, jamais! Morreria se ficasse sem você. Mesmo não aceitando o que me fala, fico feliz de ter alguém que me ame com todos os meus defeitos. Eu o amo, filho. Ah! Que sentimento forte é esse que muitas vezes me consome a alma? Como eu o amo, sofro só de imaginar em não o ter.

Com lágrimas nos olhos, Ana abraçou o filho querido. Era tão forte o sentimento dela por ele, que sentia dor só em imaginar perdê-lo.

– Minha mãe, eu lhe rogo, venha comigo para a Casa Espírita e verá como é maravilhoso o despertar para a realidade. Eu vejo quantos irmãos chegam sofredores em nossa casa de oração e, depois do entendimento do amor de Deus por nós, reconfortam-se e vivem uma vida mais plena, mesmo que seja uma plenitude relativa, mas vale a pena. Temo não conseguir fazê-la amar a Deus, nosso Pai, e a Jesus, nosso irmão maior. Sei que, cedo ou tarde, a senhora terá que aprender, mesmo que seja por meio de uma dor intensa, e rogo a Deus que seja antes o despertar da senhora, a fim de não vê-la sofrer. Amo-a tanto, mãe, que peço que caminhe, o mais breve, aos braços doces e generosos de Deus, para evitar a dor. Se ainda mão consegue por Ele, peço que o faça por mim.

– Ah, meu filho! Amo o seu jeito de falar, e parecem tão reais os seus conhecimentos sobre a vida após a morte, que algumas vezes quase chego a acreditar. Mas logo temo por você, que acredita nessas coisas tão fictícias. Porém, para não contrariá-lo, um dia desses irei, só para lhe agradar.

– Oro a Deus que tenhamos tempo suficiente.

Junto a Francisco, Isis chorava, pois sabia o que ele estava dizendo; mesmo assim, seu coração ferido não permitia que aceitasse ajuda dos irmãos que se encontravam naquele lar.

14

Plano astuto

Ana Luiza acabou assinando os papéis sem ao menos lê-los. Miguel, então, conseguiu passar o apartamento para o nome de Suzana, pelo fato de ser uma venda sem fins lucrativos. Ele vendeu o apartamento a ela, só que sem receber dinheiro algum, embora estivesse em documento o valor pago da venda. O combinado era que, depois que eles estivessem juntos, antes de se casarem, ela passaria o apartamento para o nome dele. Justina nada sabia sobre esse plano cruel e infeliz.

– Mãe, tenho uma surpresa para a senhora – disse Suzana à mãe.

– Espero que seja algo positivo! – balbuciou Justina.

– Em breve, irei mudar daqui e a senhora ficará livre de mim.

– Livre de você?! Eu jamais quis isso! Como pode falar assim?

– Ora, não se faça de boazinha, afinal vive a reclamar da vida que levo, a falar mal do Miguel; logo dele, que está me dando a liberdade de ser livre e ter meu próprio apartamento.

– Apartamento? O que quer dizer, minha filha? Por Deus, não estão fazendo besteira, não é mesmo?

– Irei sair agora e não tenho hora para voltar. Já sou maior de idade e não devo explicações a ninguém.

Justina estava completamente nervosa, sabia que algo ruim estava para acontecer. Miguel e a filha estavam loucos.

"Como ela poderia ter um apartamento? Com que dinheiro? E Miguel, como poderia comprar um apartamento se estava endividado com o banco?"

– Alô, Mercedes, é a Justina, posso falar com a Ana?

– Bom dia, dona Justina, a dona Ana não está, mas acho que voltará logo; ela foi trocar uma mercadoria em uma loja aqui perto, na galeria Nossa Senhora da Paz.

– O Francisco está?

– Está sim, um momento que o chamarei.

– Bom dia, tia Justina, como estão passando a senhora e Suzana?

– Meu filho, sei que é um rapaz sensato, e também sei o quanto ama a sua mãe; estou aflita e preciso lhe falar.

– Tenha calma, tia Justina, irei ao seu apartamento.

– Não, meu filho, aqui não, encontre-me na Igreja Santa Mônica, no Leblon, por favor.

– Claro, tia Justina! Até lá, e fique calma! Estarei saindo de casa imediatamente.

– Peço, meu filho, que não comente com ninguém esse nosso encontro.

– Tenha paz em seu coração, jamais falaria. Até breve, tia Justina.

Meia hora depois, entrava pela Igreja o jovem Francisco. Ele era muito jovem, porém possuía o equilíbrio de um adulto responsável. Justina sabia que só Francisco poderia servir para o seu desabafo. Como ela sempre comentava com Suzana, "aquele rapaz sempre foi um Espírito de Luz".

– Bom dia, Francisco – Justina cumprimentou, com os olhos avermelhados de chorar.

– Bom dia, tia Justina, sente-se aqui, por favor. E acalme-se.

– Meu filho, primeiro preciso saber como está o casamento de seus pais; sei que não tenho o direito de perguntar algo tão pessoal, mas, acredite, estou em desespero, e logo você entenderá o que estou falando.

– Não precisa se justificar, tia Justina. Eu entendo a sua dor, pois conheço seu caráter e, como mãe de Suzana, sei que teme pela felicidade dela.

– O que você sabe, meu filho? Como pode saber o que tenho para lhe falar?

– Tia, sempre soube que meu pai não é muito honesto com a mamãe, sei também que a minha mãe faz vista grossa só para manter um casamento que já não existe há muito; eles não se amam, apenas convivem, apesar de minha mãe estar iludida com relação ao sentimento dela, o qual ela chama de amor.

– Meu filho, você é um rapaz maravilhoso, e sempre zelou por sua família; desde pequeno, vejo-o como um Espírito bom...

– Por favor, tia Justina, eu não sou bom, apenas tento não prejudicar as pessoas com maus pensamentos. Bom é Deus.

– Ah, meu filho, como eu gostaria que minha Suzana fosse só a metade do que você é em caráter e generosidade!

– Tia, Suzana é uma boa moça, apenas ainda não se encontrou, mas, cedo ou tarde, descobrirá que só o caminho do bem pode trazer paz e felicidade.

– Espero, meu filho, espero. Francisco, acho que já sabe sobre o seu pai e minha Suzana. Eles estão tramando algo, e não consigo descobrir o que é. Por isso, estou em agonia. Acredito que sua mãe irá levar um golpe e temo pela sua família. Sofro só de imaginar que Suzana tem parte nisso.

– Eu também temo, tia Justina, mas nada acontece sem Deus permitir. A minha mãe vive em um mundo irreal e, às vezes, acredito que algo tem que acontecer para despertá-la. Eu estarei ao lado dela e não a deixarei sucumbir se estiver ao meu alcance essa tarefa. Mas também sei que a dor é o último recurso lançado por Deus para despertar os filhos amados, adormecidos no tempo.

– Ah, Francisco, como pode falar de maneira tão tranquila e tão sensata? Chego mesmo a sentir uma paz dentro de minha alma só de ouvi-lo.

– Oremos a Deus, tia Justina, sem criticar as ações equivocadas dos nossos entes amados. Acredito que não sabem o que estão fazendo.

– Como não?

– Não mesmo, tia Justina. São ignorantes nos conhecimentos evangélicos e é por essa razão que julgam ser espertos golpeando os outros e, aparentemente, dando-se bem. Cedo ou tarde, o retorno das ações impensadas virá com a dor, e sentirão o mal que causaram a alguém, e o melhor é que um dia desejarão recompensar aqueles que hoje são suas vítimas. Vítimas essas que um dia, possivelmente, foram seus algozes.

– Francisco, meu filho, não sei o que falar, penso até que não tenho mais nada a falar sobre isso a você. Já entendi a mensagem de Deus por meio de suas palavras. Ore a Deus por nossa família, pois acredito que tem muito mais mérito que todos nós. Você, Mercedes e o filho dela, Augusto, são, de fato, pessoas iluminadas. Eu a vejo trabalhando na Casa Espírita com os sofredores encarnados como eu, e sinto que dela jorram amor e paz; o Augusto é tão generoso com as crianças da periferia, que percebo como ele é natural no que faz. Às vezes, penso que só vocês trabalham corretamente naquela Casa Espírita.

— Tia, não pense dessa forma. Todos têm papel importante na vida. Afinal, os trabalhadores de lá se esforçam muito para não deixarem de frequentar a nossa casa religiosa, e isso já é muito bom. Quando a casa está cheia de encarnados, é um estímulo muito grande para os novos que chegam. Eu, Mercedes e Augusto somos apenas amantes dos ensinamentos do Cristo, e também vejo a senhora dessa maneira. Agora, tia, fique tranquila; se a minha família tiver que passar por algum sofrimento, é por ter tido a permissão de Deus. Não devemos julgar, muito menos nos revoltar, devemos nos resignar e bendizer todos os sofrimentos que são a expiação de antigas culpas. Temos obrigação moral de trabalhar para a nossa melhora, modificando nossas ações e nossos pensamentos. Só assim estaremos livres dessas investidas do mal.

— Obrigada, meu filho. Vim aconselhá-lo e sairei reconfortada com a sua luz. Bendito seja Deus, que permitiu um bom rapaz como você em nossa família.

Francisco sentia que algo estava por acontecer, mas nada podia fazer para impedir que sua mãe fosse prejudicada. Ele tinha bastante conhecimento e compreendia muito bem as consequências que Ana teria, cedo ou tarde, de enfrentar devido ao coração tão endurecido.

Estava tudo tramado: Suzana havia recebido o apartamento do Leblon das mãos de Miguel. Ana havia assinado sem ler o conteúdo do documento. E logo vieram as cobranças da parte de Suzana: ela queria que ele tomasse as providências para a posse do que agora lhe pertencia. Ele, por sua vez, temia pelo que tinha feito. Suzana não era mais a mesma com ele, agora já não tão dada às carícias. Miguel estava assustado com ela, mas queria acreditar, mesmo assim, que tal mudança se devia ao fato de ela, sua amada, não poder morar com ele no apartamento. Miguel resolveu, então, dois meses após o ocorrido, pedir à Suzana que permitisse a venda do imóvel onde ainda morava sua família, o apartamento do Leblon, e que eles dois fossem morar em outro país. Suzana ficou entusiasmada com a ideia e disse que iria pensar. Tempo depois, ela aceitou e resolveram vender, mas havia uma condição: o imóvel a ser adquirido deveria ser em nome dela; ele não concordou, argumentando que não seria justo. Ela, muito astuta, disse que, por ele ainda continuar oficialmente casado, Ana teria parte no apartamento se o colocassem em nome dele e que, se algo acontecesse com ela, os filhos ficariam com a parte que pertencia à mãe. Ele pensou e acabou por concordar.

Francisco e Adolfo estavam desconfiados do pai. Adolfo resolveu, então, perguntar ao pai o que estava acontecendo entre ele e Suzana. Miguel respondeu, friamente, que ele a amava muito e que contava com o apoio dele, seu filho querido. Sem reclamar, Adolfo, prontamente, falou que daria todo apoio ao pai.

– Mãe, preciso conversar com a senhora – falou Francisco, abraçando a mãe, como de hábito.

– Fale, amor – respondeu Ana, carinhosamente.

– Sabe o quanto a amo e jamais a deixaria passar por dificuldades se algo viesse a acontecer...

– O que há, Francisco? Fale de uma vez!

– Apenas estou conversando com a mulher que mais amo no mundo, posso continuar?! – respondeu, sorrindo, tentando amenizar. – Pois bem, estou com dezesseis anos, ainda sou jovem, mas posso trabalhar no escritório de um advogado, amigo da vovó. Ele me convidou para trabalhar com ele se eu quiser, e a senhora sabe que tenho disposição e não temo trabalho algum. Sei que a senhora nunca trabalhou, mas ainda é jovem e tem conhecimento. Dessa maneira, poderá conseguir um emprego ou, se não o encontrar, descobrir algo que possibilite sobreviver sem sofrimento; o trabalho dignifica o homem...

– Francisco, você está me assustando, aonde quer chegar? Fale-me, filho, por favor.

– O papai tem planos para todos nós, e penso que podem não ser muito agradáveis; apenas peço que não se preocupe, pois sempre estarei com a senhora e o Adolfo.

– Meu filho, como pode pensar que seu pai iria nos deixar em situação difícil?

– Não pense que não amo meu pai. Sei que ele tem coisas boas no coração, apenas não as deixa aflorarem, e é por isso que me preocupo com a senhora e com Adolfo.

– Acredite, meu filho, isso não irá acontecer conosco. Seu pai não iria me abandonar, se é isso que está imaginando. Ele, às vezes, fala com grosseria, mas acredito que é alguém tentando jogá-lo contra mim, por inveja da minha condição financeira e da minha inteligência. Às vezes, desconfio que Justina saiba de alguém que está virando a cabeça dele e não quer me contar. Ah, que amiga da onça! Se eu descobrir, irei me voltar contra ela.

– Jamais faça isso. Eu amo a tia Justina, sei como ela é generosa e que não seria a favor de uma crueldade dessas. Se esse fosse o caso, ela não estaria de acordo. Mãe, prometa-me que não ficará contra a tia Justina, ela a ama muito, e sei que se preocupa com a senhora. Penso que, se a senhora saísse mais com ela, aprenderia coisas boas. Ela é uma fiel trabalhadora da Casa Espírita que frequento e me sinto feliz por fazer parte da família dela. E, por falar em condição, mãezinha, nós não temos condição financeira confortável, passamos por dificuldades, e isso ninguém sabe. A senhora, inclusive, não se dá conta disso ou não quer aceitar, e temo até que a não aceitação da parte da senhora esteja dificultando as coisas. O papai vive em um mundo irreal com a senhora e o Adolfo, e precisamos encarar a verdade e aceitar viver de um jeito mais simples. Seríamos mais felizes.

– Não entendo o que está falando, mas deixa para lá. E quanto a Justina, eu sei, querido, que gosta muito dela. E Suzana, o que me diz? Uma gracinha de menina, não é? Já pensei em vê-lo namorando-a, são quase da mesma idade. Ela é determinada e pensa grande. Vai longe a minha pequena Suzana. Sabe, filho, quando fui convidada pela Justina para batizá-la, fiquei feliz, já que eu tinha tido um filho homem, e não uma garotinha. Acho que, se o Adolfo fosse uma garotinha, faria mais companhia a mim, ao invés de ficar paparicando o seu pai com as manias dele. Nunca vi duas pessoas tão parecidas em personalidade!

– Tenho certeza de que Deus lhe deu um filho, e não uma filha, para que a senhora não a estragasse com tantos mimos caros, ou a transformasse em uma boneca alegórica – entre risadas e beijos, Francisco falava sério, sem magoar a mãe.

– Não fuja do assunto. E a Suzana?

– É uma filha de Deus, e a amo por isso, já me é suficiente.

Justina estava aflita em seu apartamento. Suzana e Miguel foram dar a notícia que abalaria a todos. Ela não podia compactuar com aquele desatino. Suzana disse que não estava ali pedindo permissão, apenas relatando os fatos. Sem se preocupar com a pobre mãe, Suzana, de caráter frio e audaz, apontava o dedo para a mãe, gritando e afirmando que, se ela atrapalhasse seus planos, iria interná-la em um asilo onde ninguém a encontrasse.

— Meu Deus! O que vocês pensam estar fazendo contra Ana, e os seus próprios filhos, Miguel? – questionava Justina, olhando para Miguel, assustada com o jeito frio deles, e principalmente com o da filha.

— Nada, apenas estou pegando o que é meu por direito.

— Direito? De quê? Tudo o que você tem é herança dos bondosos pais da Ana!

— Bondosos! Aqueles velhos malditos me privaram de ser feliz. Doaram uma casa maravilhosa para uma instituição espírita, deixando-nos em um medíocre apartamento de frente para favelas. Ora essa, não me venha justificar a falta de caráter deles. Afinal, eu e Ana não nos amamos há muito, ela apenas explora o meu trabalho e gasta tudo o que tenho com bobagem. Eu tenho o direito de ficar com quem bem entender e ser feliz. Amo Suzana e não a deixarei por nada e por ninguém, e pouco me importa se a senhora for contra; nós somos livres e livres viveremos.

— Você está louco, filho. Não tem o direito de destruir a sua família; se não for repensar por Ana, repense pelos seus filhos, Adolfo e Francisco.

— Adolfo pode ficar conosco, se quiser...

– Espere aí um pouco! Não irei morar com você e seu filho. Como posso começar uma vida nova com vocês dois? Além do mais, ele já é rapaz e tem a mesma idade que eu, não iria me respeitar. Ah, essa não! Pode tirar o cavalinho da chuva!

– Mas, Suzana, ele é meu filho, e eu o amo!

– E eu me amo, e não pretendo estragar a minha vida tomando conta de um marmanjo que é seu filho; eu mesma nem penso em ter um, para não ter trabalho! Você terá que escolher, ou eu ou ele. Apenas se lembre de que sou jovem, e você tem idade para ser meu pai. Pode fazer os meus gostos se ainda me quiser como mulher.

Miguel e Suzana dialogavam como se Justina estivesse invisível no ambiente. A própria Justina não podia acreditar em tanto desatino que ouvia.

– Terei que conversar com Adolfo e, se for o caso, posso até me sacrificar e pagar um apartamento para ele morar sozinho; afinal, já tem dezoito anos mesmo.

– Pensemos bem, querido, afinal iremos precisar de muito dinheiro no início.

– Eu sei, amor, mas tenho que fazer algo por ele...

– Vocês estão loucos, não pode ser real o que estou a presenciar. Como podem ser tão frios? Ou será que estão doentes de maldade? E Francisco, e Ana, criatura infeliz? O que será deles?

– Se tem pena, traga-os para morar com a senhora – falou Suzana, rindo.

Naquele momento, os dois saíram da casa de Justina com destino à Rua Rainha Guilhermina. Iriam para o apartamento cobiçado de ambos. Miguel, por mais que Justina rogasse que refletisse melhor, até mesmo pela idade que ele tinha, era como se não houvesse ninguém falando naquela sala. Eles pareciam surdos, um olhava para o outro a falar apenas o que interessava a ambos. Em casa de Francisco, os pais de Ana já estavam lá, pedindo ao neto que contivesse a mãe em seus arroubos quando a notícia fosse dada a ela pelo próprio marido. Ele, em oração profunda, clamava aos amigos de luz e a Deus, principalmente, que o orientassem em hora tão dolorosa para sua pobre família. Rogava a Deus que entendesse o seu pobre e infeliz pai, justificando que ele não podia saber o que estava fazendo. Se soubesse da dívida dolorosa que estaria contraindo, e entendesse as leis de Deus de causa e efeito, ação e reação, jamais tomaria uma atitude tão infeliz quanto aquela que ele iria tomar. Os olhos se enchiam de lágrimas. Francisco, sentado em sua cama, olhava para os avós maternos, que se encontravam junto a ele para auxiliá-lo, e dizia como é doloroso ver um irmão se destruir. Naquele momento, Francisco se levantou, caminhou até a porta do quarto, abriu e foi ao encontro dos seus familiares, que estavam sentados em um confortável sofá em uma ampla sala que dava de frente para a Rua Rainha Guilhermina. Sentou-se entre o irmão e sua mãezinha, puxou-a carinhosamente para os seus braços e disse:

– Eu a amo e não tenha medo do futuro, pois Deus é misericordioso e sempre nos reserva algo melhor.

– O que quer dizer, querido?

Francisco começa a falar, com o coração repleto de sabedoria e amor, e flores espirituais caíam do teto daquele apartamento sem seus habitantes se darem conta. Apenas Francisco ali podia ver aquelas flores que, com suas lágrimas, banhavam os cabelos de sua mãe, que se encontrava aconchegada em seu peito, que também refletia uma luz de cor azulada, rosa e lilás, a envolver Adolfo e Ana Luiza. Em palavras de consolação, Francisco se fazia ouvir:

– "Deus é justo e soberanamente bondoso, e jamais

permitiria que o mal se abatesse sobre alguém se não fosse para a glória de um filho amado. As vicissitudes da vida, minha amada família, são de duas espécies: umas têm causa na vida atual, outras, em vidas passadas; acreditemos ou não, é assim. Remontando-se às fontes dos males terrenos, reconhece-se que muitas são consequências naturais do caráter e da conduta daqueles que sofrem. Quantos homens, mãe querida, sofrem por sua própria culpa! Quantos são vítimas de sua imprevidência, de seu orgulho e de sua ambição! Quantas pessoas estão hoje arruinadas por falta de ordem, de perseverança, por mau comportamento ou por não terem limitado os seus desejos, algumas vezes tão insanos! Quantas uniões infelizes, porque resultaram dos cálculos do interesse ou da vaidade, nada tendo com isso o coração! Quantas disputas nefastas poderiam ser evitadas com mais moderação e menos melindre! Quantas doenças e aleijões são o efeito da não sobriedade e dos excessos de toda ordem! Quantos pais infelizes com os filhos amados, por não terem combatido as suas más tendências desde o princípio, por fraqueza ou indiferença. Permitiram que se desenvolvessem neles os germes do orgulho, do egoísmo e da tola vaidade, que ressecam o coração humano. Sendo a colheita obrigatória, espantam-se e afligem-se com a sua falta de respeito e a sua ingratidão. Que possamos, mãe e irmão querido, interrogar as nossas consciências de maneira fria, voltar passo a passo à fonte dos males que podem vir a nos afligir, e tenho a certeza de que descobriremos que a dor e o mal são consequências de nossas más ações.

Devemos nos apoiar em nosso Pai Celestial para a superação das nossas dores. Temos o poder de escolher se seremos fortes e recomeçaremos ou se nos entregaremos ao desespero e nos afundaremos cada vez mais nesse lamaçal causado por nós mesmos."

Naquela sala, junto a mim, encontravam-se também os pais de Ana, a mãe de Rogério e, olhando para Francisco, estava ali também presente a nossa irmã Iman, mulher de cabelos curtos e negros, olhos iluminados de amor, envolta em um tecido de cor amarelo forte, como os usados pelos africanos, e de pés descalços. A irmã Iman era uma velha conhecida de Francisco, e ele logo estaria junto a ela em Espírito.

As palavras ditas por Francisco, do Evangelho, eram intuídas por Iman. Ele sabia exatamente que ali era uma tentativa de fazer com que o irmão e, principalmente, a mãe compreendessem as causas atuais dos sofrimentos deles e de todos os que se recusam a viver uma vida íntegra, devotada a Deus. Ele compreendia que devemos buscar a nossa melhora moral no evangelho de Jesus, o nosso crescimento espiritual como prioridade, e o material virá como acréscimo; se for o contrário, perderemos tudo. Será uma torre de açúcar construída embaixo de uma goteira e que, cedo ou tarde, desmoronará.

As lágrimas corriam copiosamente dos olhos dos três encarnados ali presentes, Adolfo parecia tomar uma surra com aquelas palavras, Ana soluçava baixinho e sabia muito bem do que Francisco estava falando, a consciência cobrava dela não só os atos presentes, mas, de maneira muito mais profunda e inconsciente, as ações do pretérito, que ela veio em oportunidade de encarnação corrigir. Francisco calou-se por uns instantes e, olhando para a porta, percebeu quando alguém tentava abri-la do outro lado. Sem se levantar, viu quando seu pai e Suzana entraram em sua casa. Ana se levantou rapidamente, embora Francisco tentasse segurá-la. Adolfo continuou sentado e olhou com tristeza para Francisco, pois bem sabia o que iria acontecer.

– Suzana, querida, que bom que veio nos visitar, eu já havia perguntado à Justina por que a minha afilhada não vinha mais aqui...

Sem terminar o que iria falar, Ana foi interrompida pela própria Suzana.

– Eu não vim visitá-la!

– Não...?

– Espere um pouco, meu amor, deixe que eu converse com eles – falou Miguel, gaguejando e deixando sem querer sair a palavra amor.

– Amor?! O que está acontecendo aqui, Miguel? – perguntou Ana, aflita e angustiada.

Francisco se aproximou da mãe e a segurou pelo braço, vendo que ela iria de encontro ao pai com agressividade.

– Pretendo ter uma conversa civilizada com todos vocês, mas, se não for possível, tomarei outra atitude que eu mesmo não gostaria de tomar. Quero poupar a todos de dores maiores.

Ali presentes, Rogério e Isis escutavam os desmandos de Miguel e de Suzana. Isis estava começando a ficar triste com aquela trama terrível, chegando mesmo a perguntar a Rogério se era necessária tanta dor. Rogério respondeu a ela que apenas aproveitasse as delícias do momento.

– Ana, não quero mais viver com você, não a amo há muito e não suporto sua presença. Estou me relacionando com Suzana desde que ela tinha quatorze anos e a amo demais. Justina, aquela imbecil, não está de acordo, e não me importa o que ela ou você pense. Apenas irei, desde já, viver aqui com Suzana.

Francisco tomou a frente da mãe e disse:

– O senhor tem o direito de fazer o que bem desejar da sua pobre vida, mas não tem o direito de maltratar a nossa mãe. Fale apenas o que veio falar, sem humilhá-la.

– Ora, garoto, cale a sua boca. Sempre pensando que é o bom. Criatura infeliz. Não estou preocupado com você e muito menos com ela, apenas me preocupo com Adolfo... Ele ficará morando em um apartamento que eu mesmo pagarei para ele...

– Como assim? Eu não irei... – disse Adolfo. – O senhor falou que eu moraria com vocês!

– Parem com isso! O que está acontecendo? Ir para onde, e por quê?! Diga-me, por favor, não estou entendendo nada – perguntava, aos prantos, a pobre Ana, agarrando-se a Francisco.

– Miguel não tem coragem de falar por ser um

bom homem, mas eu tenho, e já estou cheia de disse me disse. Pouco me importam as suas lágrimas de mulherzinha infeliz...

– Saia da nossa casa agora mesmo, Suzana! Eu e minha família não precisamos ouvir os seus despautérios. O meu pai está doente da alma, e tenho certeza de que você também. Apenas peço que nos deixe em paz. Já falaram o que queriam, meu pai quer a separação para ir conviver com você, a minha mãe já ouviu o suficiente, por isso deixe-nos em paz agora. Saiam e, por favor, em nome de Deus, tenham misericórdia de minha mãe.

– Não, Francisco, aqui não é mais a sua casa. Esta casa é minha. Miguel e sua mãe me venderam. Eu tenho todos os documentos.

– Venderam? – Francisco ainda não sabia da pior parte.

– Vendi o quê? Você, sua vagabunda, está ficando louca? Eu jamais faria isso. Vocês serão infelizes para sempre, eu mesma me incumbirei disso! – o ódio tomava conta de Ana Luiza. – O que essa louca está a dizer, Miguel? O que você fez conosco, com a nossa família...

– Você assinou uma declaração, dando-me pleno poder para agir em seu nome...

– Jamais assinei nada, mentiroso, safado, canalha...

– Cale a sua boca, mulher infeliz, aqui está uma cópia do documento assinado por você, dando-me o direito de vender o apartamento para quem eu quisesse, sim! Agora, eu e Suzana iremos morar aqui. Darei um tempo para vocês, de duas semanas. Procurem outro imóvel para morar!

– Em nome de Deus, saiam de nossa casa, pelo menos agora – rogava Francisco, segurando a mãe pelos braços.

Suzana e Miguel saíram imediatamente do apartamento. Rogério ficou ali com Isis para ver, com alegria, a tristeza de Ana e a queda de Miguel, que era o que eles tanto desejavam.

– Isis, minha filha, por Deus, o que está fazendo? Não vê que está se prejudicando mais? Olhe para essa irmã infeliz e veja o quanto é doloroso o mal. Deixe esse ódio de lado e venha comigo, minha filha, eu a amo e não desejo vê-la sucumbir ainda mais. Escute seu pai, querida, ou será que já não me reconhece? Sou eu, Elias, apenas estou num corpo novo, como Ataíde.

Aquelas palavras foram um bálsamo de amor para Isis, que já não aguentava mais viver de vingança. Caiu aos pés do paizinho e implorou por misericórdia, perguntando o que ela poderia fazer para consertar o que acabara de assistir.

– Por enquanto nada, minha filha, ore a Deus, e um dia poderá reparar esse malfeito. Apenas ore. Você será levada imediatamente para um hospital e, em breve, irá se sentir melhor.

Com o coração envolvido de amor, Ataíde saiu dali com a filha amada.

Rogério, ainda endurecido, por mais orientação que recebesse de sua mãe, ainda acreditava que era pouco para Miguel. Ele dizia que o melhor ainda estaria por vir.

Batendo a porta, depois de dizerem o que queriam e o que não queriam, Suzana e Miguel saíram aliviados, parecendo ter tirado um fardo das costas.

– Graças a Deus que tudo acabou, pois, agora, só teremos que aguardar eles saírem do nosso apartamento e seremos felizes lá. Penso até que deveríamos vender de verdade e comprar um melhor, o que você acha?

Sem mostrar o mínimo de remorso, Suzana sorria e abraçava Miguel.

– Penso que devemos esperar a poeira baixar, e

depois veremos o que fazer, principalmente com meu filho Adolfo. Você não percebeu como ele ficou depois do que eu disse, sobre alugar um apartamento para ele? – disse Miguel, preocupado com o que o filho iria pensar dele.

– Deixe isso para lá! Afinal, ele ainda é jovem e depois entenderá o que você fez. Não vejo motivo para se preocupar, ele também não gosta da mãe e, muito menos, do irmão. Se gostasse, não apoiaria você comigo desde o princípio. Não foi ele mesmo quem chorou no cartório para compadecer o escrivão? Então... Deixe de tolice e vamos comemorar.

– Querida, acho que deveríamos ir para um apart-hotel.

– De forma alguma, Miguel! O que foi, está arrependido?

– Não, amor, não!

Em casa de Ana, Francisco tentava conversar com a mãe para evitar que ela praticasse uma loucura. Ana estava decidida a acabar com a vida dos dois, ainda mais que havia percebido que o filho Adolfo estava a favor do pai, e isso lhe trouxe profunda tristeza. Francisco telefonou para um médico amigo, espírita, e pediu que, se possível, fosse até o seu apartamento para auxiliar a mãe, que estava descontrolada.

O pedido do filho dedicado foi atendido prontamente. E, após consultá-la, o médico afirmou:

– Ela precisa tomar uma medicação para se acalmar, Francisco, depois irá dormir e, quando acordar, talvez esteja melhor.

O doutor ministrou a medicação, e Ana, aos poucos, foi se acalmando. Francisco aproveitou que sua mãe estava melhor para se deitar ao lado dela depois da saída do médico. Carinhosamente, ele a abraçou e orou com fervor, pedindo a Jesus que o orientasse. Aproximando os lábios da fronte de sua mãe, ele a beijou com ternura e, com as pontas dos dedos, delicadamente, acariciou os cabelos dela. Horas depois, vencido pelo cansaço, ele também dormiu.

Ao lado do corpo de Francisco em repouso, a irmã Iman esperava que o seu corpo perispiritual se libertasse com o sono.

– Querida irmã, sei das dificuldades que tenho de enfrentar com a situação da minha família e, às vezes, penso que não estou fazendo o melhor.

– Amado irmão Francisco, sinto em ter essa conversa com você. Iremos para a Colônia Esperança, e lá amigos estão à nossa espera para uma fraterna reunião – e seguiram, rapidamente, para lá.

✳ ✳ ✳

– Muita paz, Francisco! Estou muito feliz em tê-lo aqui conosco – cumprimentava a senhora Ester, antiga amiga de muitas encarnações.

– Amados irmãos – com voz branda e o coração cheio de amor por todos ali presentes, dava início à reunião a irmã Teresa, coordenadora da Colônia Esperança. – Esta Colônia presta assistência aos irmãos que são remanescentes nos erros, enviados para encarnar como última oportunidade na Terra. Aqueles que não conseguirem a sua melhoria irão ter novas oportunidades em outro planeta. Mas receberão a bênção de voltar a seus mundos de origem quando superarem o mal. – Teresa, então, deu início à reunião com uma maravilhosa prece:

– "Pai Celestial, reunidos em Teu Santo nome, nós, trabalhadores da seara do Teu amado filho Jesus, rogamos a Tua permissão para a assistência à querida irmã que se encontra em prova e expiação na Terra. Que sejam os Teus anjos a nos alimentar a fé a favor dessa irmã querida, e que Jesus, Teu filho amado, permita-nos o amparo ao missionário Francisco, que há muito vem tentando, por meio das encarnações, a assistência moral libertadora dos vícios da carne da irmã Ana Luiza. Pai amoroso, sabemos que o Teu amor nos liberta e nos dá oportunidade de renovação em mundos diversos, e é da esfera espiritual de um dos Teus mundos, amado Pai, que estamos a solicitar, se alguns merecimentos tiverem para tal, reforços para essa tarefa na Terra, mundo de prova e expiação que nos serve de habitação, de educandário redentor; contudo, querido Pai, há tantos, ainda na carne, que sucumbem sem ao menos se esforçarem para sua ascensão a uma condição moral melhor, e é por esses irmãos que suplicamos a misericórdia, e que seja o Senhor a nos permitir que continuemos servindo sem reclamar e com amor, a fim de não deixá-los entregues às próprias ações impensadas. Que a este irmão missionário possamos acompanhar no momento do retorno à pátria querida espiritual, que se dará em breve, e aos seus entes queridos. Que seja feita a Tua vontade antes que a nossa".

– Francisco, filho amado, sabe que tudo faremos para ajudá-lo nessa missão em auxílio da irmã Ana Luiza. Sei o quanto a ama fraternalmente e a quantas encarnações vem se propondo a ampará-la, correndo o risco de sucumbir nas teias gigantescas, ocultas em delícias, prazeres, comodidade, e até mesmo consolo, existentes na Terra. Creio, irmão Francisco, que a nossa irmã Ana Luiza ainda não está disposta a ser ajudada. Devido à sua condição moral, sabe perfeitamente os tipos de pensamentos que fervilham na mente consciente e inconsciente dela. O desejo de vingança está alicerçado no caráter ainda infeliz dessa pobre irmã.

O tempo que lhe foi concedido para a assistência moral libertadora, pelo amor que ela nutre por seu Espírito, já se esgotou há dois anos, e, por você não ter falhado em nenhum momento de sua temporada na carne, Jesus lhe permitiu um pouco mais de tempo instruindo-a, e você continua evangelizando Ana com muito amor, porém nada é aproveitado por ela. Essa pobre se nutre, inconscientemente, de uma ideia fixa de amar Jesus como homem e de ter, segundo o entendimento dela, sido rejeitada, trazendo essa obsessão durante encarnações, até mesmo na atual, não se permitindo nem mesmo falar o Nome Dele e do Nosso Pai Celestial. Ainda o chama de Cordeiro, como era na época em que ela havia habitado a Terra como Alina.

Ela não se compadece de um único irmão sofredor, só se interessa por pessoas de vida financeira equilibrada, e por interesse. Trata Mercedes e Augusto com desprezo, nem mesmo um "bom dia" brota dos lábios dela para com esses irmãos prestimosos que tanto fazem por ela. Você mesmo sabe que Mercedes trabalha de graça como doméstica. Ela e o filho jamais tocaram no assunto com quem quer que fosse, dentro ou fora do lar. Moram em um quartinho nos fundos da casa com o mínimo de conforto e são verdadeiramente felizes por poderem ser úteis, sobrevivendo da aposentadoria do esposo e pai e com a ajuda do próprio Augusto, que trabalha em um escritório como office boy, estuda em um colégio particular, já que todo mês você dá a sua mesada para ajudar nos estudos dele. Miguel, Adolfo e Ana Luiza jamais os tiveram na conta de amigos, geralmente os maltratavam. Contudo, querido irmão, devido ao seu merecimento, por não ter um único dia se deixado levar pelas tentações da Terra e muito menos se desviado do compromisso assumido, antes mesmo de encarnar como Francisco, foram-lhe concedidos mais três anos de vida na carne. Ana já perdeu várias oportunidades de elevação que não deram certo, principalmente por culpa de sua vaidade, orgulho e egoísmo, que a fazem manipular situações por conta de seus caprichos. Logo após o seu retorno ao corpo físico, irá se lembrar de que algo está para acontecer. Pensará que será ruim, mas saiba, irmão amado, que Deus nos permite a dor para nossa ascensão moral. Faça como sempre fez, confie em Deus, e Ele o sustentará. A dor que ela irá sofrer será o último recurso para despertá-la, ainda na carne. Estamos confiantes nisso. Lembre-se, irmã Victoria e Iman estarão com você quando chegar o momento. Que Jesus nos ampare sempre e nos envie recursos para o socorro. É de conhecimento de todos os presentes que, para os outros irmãos que desprezaram o amor de Deus, o auxílio virá em forma de dor. Como disse Jesus, "a cada um segundo as suas obras".

Naquela reunião se encontravam presentes também Mercedes, Augusto, Marta e Ataíde. Era comovedor ver as lágrimas brotarem dos olhos serenos e amorosos de Francisco, e não houve sequer um único ser ali presente que não chorasse. Francisco olhou para mim naquele momento e perguntou o que eu pensava a respeito. Disse-lhe que tudo fora feito para a vitória de Ana Luiza, de seu pai Miguel e do seu irmão Adolfo. Ana Luiza nasceu de pais justos e honestos que, com a caridade ativa, seriam o meio de ela se espelhar. Tudo fizeram para evangelizá-la. Tentaram ensinar a amar Jesus e a Nosso Pai Celestial através dos desafortunados habitantes da Terra. Ela sempre rejeitou. Quando pequenina, na evangelização infantil na Casa Espírita em que Marta e Ataíde eram trabalhadores leais, ela sentava-se atrás da porta da sala para não participar e ainda cruzava os bracinhos com revolta, não levantando a cabeça até que tudo acabasse. Os pais faziam de tudo para que ela se sentisse bem e participasse, mas sem sucesso. Jamais desistiram; na adolescência, diziam os coleguinhas que ela era da turma do contra, que não se sentiam bem junto a ela, e ficavam felizes quando Ana não participava dos estudos; na juventude, os pais resolveram levá-la em uma viagem para a África, na tentativa de mostrar como era maravilhoso servir, quantos irmãos encarnados sofriam privações de ordem material e que o desperdício era uma infração às leis de Deus, que todos deveriam se unir para auxiliar os desafortunados. No aeroporto, na África, ela adoeceu, a febre era alta e foi levada imediatamente para o hospital local. Depois de ter sido assistida e medicada, o médico chamou os pais e disse que era emocional. Os pais ficaram muito tristes, tentaram conversar carinhosamente com ela, mas Ana resolveu ficar sem falar, permanecendo semanas sem dizer uma única palavra, não comendo direito; estava, de fato, adoecendo. Sem alternativa, Ataíde achou por bem voltar para o Brasil. Eles nunca fizeram as suas vontades, davam-lhe apenas o que ela necessitava, sem descomedimentos.

– "Quanto a você, Francisco, creio que não faltou amor e dedicação, tudo fez e ainda faz na tentativa de despertá-la para Deus. Sei que, apesar de tanto endurecimento de coração, é o seu amor por ela e o dela por você que ainda servem de freio a ela. Mas, querido, não podemos ultrapassar os limites impostos por Deus. Entreguemo-nos à Sua onisciência. Agora volte e continue o seu trabalho de amor."

✲ ✲ ✲

– Francisco, precisamos sair agora mesmo – falou Ana Luiza, olhando o filho, que já se encontrava sentado, esperando-a despertar.

– O que quer dizer? Sair para onde?

– Iremos procurar a justiça. Isso não faz sentido: aquele maldito e a ordinária ficarem com o nosso apartamento! – exclamava Ana, inconformada.

– Se deseja de fato justiça, ore a Deus, pois nada foge da Sua vontade. Acalme-se e, com a mente equilibrada, saberemos o que fazer em hora tão difícil.

– Não me fale em Deus, Francisco, não vê o que está acontecendo conosco? Se Deus existisse e fosse bom, como poderia permitir que o filho que amamentei e criei com amor me traísse, conivente com os crimes do pai e da amante contra mim? Até mesmo pensar em ir morar com eles, deixando-nos sem ter para onde ir! Ah, essa não!

Ana desabafava, encarando Adolfo ao lado de Francisco.

Francisco ouvia uma voz que se fazia presente, clara e pacífica, vinda de toda parte da casa, apenas ouvida por ele e por nós. Era Meimei, Espírito de estimado valor moral, cujas palavras ele repetia em voz alta:

"Não percas a tua fé entre as sombras do mundo. Ainda que os teus pés estejam sangrando, segue para a frente, erguendo-a por luz celeste, acima de ti mesmo. Crê e trabalha. Esforça-te no bem e espera com paciência. Tudo passa e tudo se renova na Terra, mas o que vem do céu permanecerá. De todos os infelizes, os mais desditosos são os que perderam a confiança em Deus e em si mesmos, porque o maior infortúnio é sofrer a privação da fé e prosseguir vivendo. Eleva, pois, o teu olhar e caminha. Luta e serve. Aprende e adianta-te. Brilha a alvorada além da noite. Hoje, é possível que a tempestade te amarfanhe o coração e te atormente o ideal, aguilhoando-te com a aflição ou ameaçando-te com a morte... Não te esqueças, porém, de que amanhã será outro dia."

Aquela mensagem de Meimei estava sendo ali repetida pela segunda vez. Meimei havia passado essas mesmas palavras para o irmão Francisco Cândido Xavier. Agora, estava do Alto a irmã, generosamente repassando o que já havia dito, no propósito de esclarecer Ana por intermédio do filho Francisco, que, por ser de elevada condição moral, reproduziu-a, palavra por palavra, aos seus familiares presentes no quarto.

A seguir, Adolfo saiu do recinto cabisbaixo, e Francisco o acompanhou, dizendo, carinhosamente, para o irmão relevar as palavras daquela que se encontrava em desequilíbrio.

As palavras de Meimei pareciam um antidepressivo. Jogando-se na cama, Ana chorou tudo o que podia e, depois de algum tempo, a pobre mulher chamou o filho e pediu a ele que não a abandonasse, como se fosse possível ele fazer isso. O amor verdadeiro estava ali presente, e ela ainda não havia compreendido.

– Como fui burra! Assinei aqueles papéis sem ler, confiei naquele crápula. Como ele pôde me passar a perna? Para onde vamos, Francisco? Eu não tenho dinheiro para alugar um apartamento. O que vou fazer, meu filho?

15

Desenlace

Na volta para a casa de Justina, Miguel e Suzana não paravam de comentar os seus feitos. Suzana, algumas vezes, dava gargalhadas de prazer e dizia:

– Agora, sim, tenho um apartamento de verdade no Leblon, todinho meu!

Miguel, ainda preocupado com o que havia feito, completou:

– Nosso, Suzana, nosso, não se esqueça de que ele é mais meu que seu, afinal você não comprou nada, fizemos um trato.

– Que trato, querido? Você pode provar que ele não é meu?

– O que você está dizendo?!

– Pensa que vou passar a minha vida casada, ou melhor, dormindo com um homem falido e velho? Você tem idade para ser meu pai, eu sou da idade do Adolfo. Pense bem, Miguel, caia na real. E quanto ao apartamento, ele é meu, sim! Ou eu colocarei você na cadeia. Sempre gravei as nossas conversas, principalmente quando você disse que, se fosse necessário para se libertar da sua mulherzinha, seria capaz até de pagar alguém para atropelá-la, esqueceu?

– Você está brincando comigo, amor? Que brincadeira de mau gosto! Nós nos amamos, iremos ser felizes!

– Tenho certeza que sim, eu serei feliz!

– Suzana, você não está normal, pelo amor de Deus! Deve estar em choque, é isso, não é?

– Que choque, imbecil! Estou feliz!

Rogério, dentro do carro, dava risada; uma legião de irmãos infelizes atormentava um e outro. As vibrações nocivas, emitidas por ambos os encarnados e pelos desencarnados presentes, faziam Suzana rir desequilibradamente, a fim de irritar Miguel.

– Cale a boca, maldita, você quer acabar com a

minha vida depois de eu lhe proporcionar prazer?! – esbravejou, agredindo o rosto de Suzana com o cotovelo.

– Velho nojento! – gritou a moça, batendo violentamente nos braços e no pescoço de Miguel, tirando-lhe toda a concentração do trânsito, e ele não percebeu uma caminhonete que se aproximava em curva perigosa. Uma buzina estrondosa despertou os dois...

– Freio maldito! Freio...

Era tarde demais, um acidente terrível e fatal foi o resultado de tanto desequilíbrio e obsessão.

Justina, em casa, sentia uma forte dor no peito. Aflita, tentava orar, pedindo a Deus que enviasse emissários para orientar a filha. Francisco também sentiu um aperto no peito, ajoelhou-se aos pés da mãe e disse:

– Perdoe, minha mãe, perdoe.

Era ainda manhã quando ocorreu o acidente. No final da tarde, o telefone tocou em casa de Justina.

– Alô?! – atendeu, aflita.

– É da casa do senhor Miguel? – perguntava alguém do outro lado da linha.

– Não, mas eu o conheço. Quem quer deixar recado?

– Senhora, houve um acidente, e encontramos com ele uma carteira; dentro estava esse número de telefone...

– Sim, ele é... Não sei como dizer... Ele é marido da minha prima.

– Senhora, peça à família que venha até o hospital; anote o endereço, por favor.

– Claro, diga-me!

Anotando o endereço, sem ter coragem de perguntar se ele estava com alguém, por temer a resposta... – Justina escrevia, trêmula.

E logo em seguida...

– Alô, Augusto, meu filho, é a Justina, a Mercedes está aí?

– Está sim, dona Justina. Um momento.

– Alô, dona Justina, é a Mercedes. Fale devagar. O quê? Meu Deus! Avisarei agora mesmo. Sabe qual é o estado dele e da Suzana? – perguntou, sem saber que Justina não tinha conhecimento de que a filha estava com ele.

– Alô, dona Justina! Dona Justina, fale comigo, pelo amor de Nosso Senhor Jesus Cristo. Meu Deus, o que fiz?!

Dirigindo-se até a sala, Augusto chamou Francisco e disse:

– Algo aconteceu. Dona Justina estava ao telefone com a mamãe e, de repente, ela parou de falar.

Francisco foi até a cozinha.

– Francisco, meu filho, dona Justina acabou de telefonar, avisando-me de um acidente com seu pai, mas penso que ela não sabia da Suzana e eu acabei dizendo que ela estava com ele.

– Vou ligar para ela agora mesmo.

– Não adianta, meu filho, creio que ela deve ter ido para o endereço do hospital que me deu, e eu o anotei. Tome, meu filho. O que posso fazer?

– Ore, Mercedes, por toda a nossa família. Eu irei imediatamente para lá com o Augusto, se você não se importar.

– Claro, meu filho, vá. E a sua mãe?

– Irei falar com ela e com o Adolfo.

Francisco chamou Adolfo e disse o que aconteceu, mas que ainda não sabia como o pai e Suzana estavam.

– Acalme-se, Adolfo, isso não irá ajudar a nossa mãe.

– Como pode ser frio assim, Francisco? Nosso pai pode estar morto, e o que será de mim? A mãe me odeia, ela nunca se importou comigo.

– Jamais fale desse jeito. Ela ama você do jeito dela. Você sabe que o amor de mãe é o mais forte e verdadeiro que existe na Terra.

– O que está acontecendo aqui? Estou ouvindo muita confusão.

– Mamãe, houve um acidente com o papai, e creio que Suzana estava com ele. Nada podemos afirmar...

– Vamos para o hospital agora! Preciso ver se estão mortos, afinal, se isso acontecer, vocês serão herdeiros do roubo dele, e teremos de volta o nosso apartamento.

– Por Deus, mãe, seja misericordiosa. Se não consegue pensar nele neste momento, pense em nós, ele é nosso pai, mesmo tendo feito o que fez. Ele é um pobre infeliz.

– Meu filho, não consigo sentir pena dele e, muito menos, de Suzana, que eu mesma tratava com carinho.

– Entendo a senhora, mas não é necessário desejar o mal, ninguém precisa ser instrumento da derrota moral de alguém. É por pensar desse jeito que o mundo está tão cheio de violência, ódio e desamor. Eu, Adolfo e Augusto estamos indo para o hospital, a senhora pode ficar e, em breve, daremos notícias, e que Deus nos permita dar boas notícias.

– Nem pensar! Irei com vocês.

Logo na entrada do hospital, os amigos de Justina estavam todos tristes. Francisco conhecia os dois que estavam ali: Josias e Adamastor. Josias era o presidente da Casa de Oração e Adamastor, um trabalhador e amigo muito próximo de Justina. Ela havia ligado desesperada para ele, antes de ir até o hospital.

– Adamastor, onde está tia Justina? – perguntou Francisco.

– Ela está lá dentro com Inês. Francisco, meu filho, creio que foi grave. Prepare o seu coração e o da sua família.

Ana entrou rapidamente na recepção e perguntou:

– Sou esposa de Miguel Luiz. Onde e como ele está?

Francisco acompanhou a mãe, enquanto Adolfo não teve coragem de entrar. Temia o pior.

– Senhora, irei avisar ao doutor que a família está aqui. Aguarde um momento, por favor.

– A senhora é a esposa...

– Sim, sou esposa de Miguel Luiz, como ele está?

O médico baixou a cabeça em respeito, por alguns milésimos de segundo, e, levantando-a em seguida, disse:

– A senhora pode me acompanhar, é por aqui.

Impaciente, Ana segurou o médico pelo braço e o parou, dizendo:

– Diga-me o que aconteceu e não me enrole, pois pode apostar, doutor, que não irei morrer com a notícia.

O médico arregalou os olhos e disse:

– Se é assim, ele está morto.

Francisco sentou em uma poltrona próxima, colocou a mão direita sobre o rosto e chorou. Chorou como se fosse uma criança.

– Meu filho, por que está sofrendo tanto? O seu pai nos destruiu, e agora teremos tudo de volta.

– Mãe, por mais que a ame, não admito que seja tão fria. Deixe, nem que seja hoje, ao menos neste segundo, Deus agir em sua vida. Eu tenho dó da senhora e das suas ações insanas. Como pode desejar o mal para alguém? Isso é cruel. Se estou chorando, não é pela morte do corpo do meu pai, que amo tanto, mesmo tendo feito o que fez. Choro por saber que o sofrimento apenas começou para ele. A dor moral irá acompanhá-lo, sabe Deus até quando, e isso é terrível. Eu o amo, a senhora gostando ou não. Ele, antes de ser meu pai, é filho de Deus, e eu daria a minha vida, se preciso fosse, por amor a ele. Agora eu lhe suplico, minha mãe, tenha respeito por todos os que sofrem aqui, ficando calada para não machucar mais pessoas como acabou de fazer comigo. E quanto ao Adolfo, eu darei a notícia. Peço que o conforte, não se negue a ser mãe em hora tão dolorosa.

Levantando-se, Francisco se recompôs e foi até onde se encontrava Justina.

– Tia Justina, estamos aqui. Como está Suzana? – perguntou, docemente, Francisco.

– Ah, meu filho, eu não posso vê-la. Ela está em sala de cirurgia. Foi muito grave e ainda corre risco de morte. Lamento, meu filho, por tudo o que eles fizeram. Eu nunca concordei com isso. Roguei a Deus que os impedisse de fazerem tamanha loucura... – Justina se justificava em prantos.

– Não, tia Justina, não chore por nós. Sabemos de tudo, não precisa se justificar.

Seis horas depois, o cirurgião dava a notícia aos familiares:

– A senhora é a mãe de Suzana?

– Sim, meu filho, sou eu mesma, e, por favor, não me esconda nada.

– Bem, ela está em recuperação, a cirurgia correu bem, mas o caso é muito delicado e grave. Não sabemos como irá reagir. Pedimos a Deus que, em breve, ela esteja bem, mas ainda corre risco, pois a coluna vertebral foi atingida.

– Meu Deus, essa não! Ela ficará paralítica, doutor?

– Os senhores poderiam me acompanhar até a minha sala? Lá explicarei melhor.

Francisco pediu à mãe que não entrasse, pois sabia que as vibrações emitidas por ela seriam nocivas para Suzana e, de alguma maneira, afetariam ainda mais a situação.

– Dona Justina, sente-se, por favor.

– Doutor, não me esconda nada, eu preciso ser forte para ajudar a minha filha e, para isso, tenho que saber tudo o que pode vir a acontecer a ela. Justina segurava firmemente a mão de Francisco, enquanto pedia esclarecimento da situação de Suzana para o neurocirurgião.

– Doutor, estamos preparados para tentarmos ser úteis em hora tão difícil. Por isso, pedimos, encarecidamente, que nos diga o que realmente está acontecendo com Suzana – pediu Francisco.

O neurocirurgião, olhando firmemente para os olhos de Francisco, percebeu a maturidade daquele jovem ali presente e, então, respondeu:

– Suzana teve o pescoço quebrado. Foi afetado o quarto nível cervical...

– Meu Deus! O senhor está me dizendo que ela pode vir a ficar paralítica? – perguntava Justina, aflita.

– Tia, esperemos que o doutor nos esclareça melhor.

E, erguendo as mãos em direção aos ombros de Justina para apoiá-la, Francisco, equilibradamente, falou:

– Desculpe. Por favor, continue.

– Bem, quando há um acidente grave como esse, ocorrendo uma lesão na coluna cervical, principalmente na quarta ou quinta vértebra, o caso é bem mais grave. O paciente fica tetraplégico...

Justina o interrompeu mais uma vez:

– O que o senhor está me dizendo?

– Senhora, preciso lhe esclarecer que a sua filha corre o risco de ficar tetraplégica, mas Deus tudo decide, e não nós.

– Explique-me, doutor, o que é de fato um tetraplégico?

– Pacientes tetraplégicos com o quarto nível cervical afetado são incapazes de uma função voluntária nos braços, no tronco e nas pernas, mas, com a ajuda das órteses, podem equilibrar seus antebraços. Mesmo esses pacientes, que sofreram lesões no quarto ou quinto segmento cervical, necessitam de ajuda para se erguerem e ficarem de pé. Lamento, senhora, ser portador de notícia dolorosa, mas é o que posso falar por enquanto.

Justina continuou sentada a pedido do médico, junto a Francisco. O neurocirurgião saiu da sala, cabisbaixo, vendo a tristeza daquela mãe em ter uma jovem e bela filha em tão dolorosa situação.

16

A volta

O TEMPO PASSOU, E SUZANA ESTAVA DE VOLTA ao apartamento em que sempre morou. Já não era mais a mesma, pois dependia da mãe para tudo. Havia ficado, de fato, tetraplégica. Sempre deitada em sua cama, dependia da ajuda de aparelhos para respirar e parecia não desejar viver. Miguel havia sido sepultado e os familiares estavam tentando se recuperar de tanto trauma. Quanto ao apartamento do Leblon, continuava sendo de Suzana, e Miguel não deixou nada para a família, pois nada tinha a deixar. Os filhos e a esposa continuavam morando lá, já que Justina não tocou e não tocaria no assunto. Para ela, o apartamento deveria ser realmente de Ana e dos filhos, afinal ela conhecia toda a trama da filha e de Miguel contra aquela família e não achava justo que alguém os tirasse de lá.

Tanta crueldade e um fim tão doloroso. Mas, acreditem, aquele era apenas o começo das dores que tomariam conta de Suzana, e quanto a Miguel, a consciência culpada o havia levado a zonas de sofrimentos terríveis. O pobre passava a maior parte do tempo a pedir que Ana o tirasse daquela situação, a chamá-la de "amor" e, ao mesmo tempo, a odiá-la por sofrer tanto. Por mais amigos que lhe fossem enviados para orientá-lo, encontrava-se tão perturbado com o que fez, que se recusava a ouvir quem quer que fosse. A mãe de Miguel não podia evitar a dor e o sofrimento do filho, já que foi ele mesmo quem o causou. Rogério amarrava o pobre do jeito que eram amarrados os escravos para serem levados ao tronco, e as chibatadas eram muitas e rápidas. O sangue escorria pelas costas do pobre infeliz, que implorava perdão, enquanto Rogério ria e se saciava com o desespero dele. Miguel foi um infeliz que buscou uma vida de prazer materialista, com o egoísmo avassalador, privando a família de uma vida decente, agora estava ali como um louco, demente, chorando e fugindo sempre que podia do seu algoz, que já fora sua vítima no pretérito.

Justina, que se desdobrava em cuidados com a filha, era agora uma pessoa triste, temendo pelo futuro de Suzana, que a olhava entendendo todo o seu sofrimento de mãe, mas parecia que a única coisa com que realmente se preocupava era com o apartamento que estava com Ana e os filhos. A mente não descansava, odiava Miguel e, em pensamento, desejava que ele ardesse no fogo do inferno por ter causado o acidente. Além de não falar, estava ali paralisada do pescoço para baixo, impotente, sofrendo com os ataques de Espíritos galhofeiros que bem conheciam o caráter dela, e de outros que se juntavam a ela por ser má. A espiritualidade amiga se compadecia daquela jovem, mas devia deixá-la entregue ao próprio pensamento, pois fora ela a causadora das suas dores atuais, buscando riqueza e poder e prejudicando qualquer um que cruzasse o seu caminho. Era justo, pelas leis de causa e efeito, que o sofrimento pudesse transformá-la em uma pessoa melhor, mas ainda parecia ser pouco tempo para essa transformação moral, que chegava por meio da dor; embora outros se transformassem por muito menos. Porém, a moça necessitava de tempo para aprender a ser melhor e entender que ela mesma foi autora da sua desgraça.

Os meses passavam rapidamente, Justina havia

contratado uma enfermeira para cuidar da filha nas horas em que ela ia se reabastecer de amor e esperança na Casa Espírita. Ana, por sua vez, resolveu procurar Justina para exigir que sua filha devolvesse o que era dela. Justina compreendia Ana, mas ainda não podia convencer a filha de que era o correto a fazer, não tendo nem mesmo coragem para tocar em tal assunto. Ana não estava satisfeita com a posição da mãe de Suzana. Ela era incapaz de compreender que aquela mãe sofria muito e que, mesmo não concordando com a filha, Miguel passou a escritura com a permissão dela, que fora enganada. O apartamento era de fato de Suzana, e a lei era clara, pois não havia provas contra ela.

Ana não se cansava de ligar para Justina, atormentando-a, até que um dia ela ficou em frente ao apartamento dela, esperando-a sair, para entrar e ver a moça.

O porteiro conhecia Ana e deixou que ela subisse sem avisar. A campainha tocou e a enfermeira foi atender.

– Boa tarde, sou Ana Luiza, madrinha e prima de Suzana. Gostaria que me deixasse vê-la, por favor.

– Claro, senhora, é por aqui.

Ao entrarem no quarto, viram que Suzana estava dormindo, e a enfermeira disse:

– Se a senhora quiser esperar um pouco, creio que dona Suzana irá acordar logo, pois já faz horas que ela dorme, por força dos remédios que a deixam assim. Quando não toma a medicação, fica agitada e infeliz.

– Ah, coitadinha, mas não se preocupe, tenho todo o tempo do mundo, e é claro que vou ficar.

Sentou-se ao lado de Suzana, segurando a mão direita da afilhada. Ana a encarava com muito ódio no coração. Minutos depois, os olhos da Suzana se abriram e ficaram assustados com o que via. Ela, impotente ali, e Ana, sua vítima, sentada ao seu lado.

– Oi, vagabunda, como vai? Ah, esqueci! Não pode estar bem, não é mesmo, aí paralisada como um vegetal? Pois eu estou bem, morando no meu apartamento na Rainha Guilhermina! E você aqui, feito um verme. Está com fome? Tem sede? Pois morra, miserável! Era você que queria acabar com a minha vida e veja a ironia do destino: só conseguiu acabar com a sua. E Miguel, aquele infeliz, está agora mortinho. Se existe justiça, deve estar no inferno.

Ana, cruelmente, levantou o braço de Suzana e o soltou no ar.

– Pobrezinha, tenho pena de você, querida. Eu vou ter o meu apartamento de volta.

Falando friamente, levantou-se e saiu, sem que a enfermeira notasse. Suzana estava ali, inconsolável, e tentou chamar a enfermeira, mas a voz parecia não ser forte o suficiente para se fazer ouvir.

Francisco e Adolfo foram atrás da mãe logo que souberam, por Augusto e Mercedes, que ela tinha ido à casa de Justina. Quando estava na saída do prédio, a mãe viu que os dois estavam saindo do carro de Adolfo e foi ao encontro deles.

– Que vieram fazer aqui? – perguntou Ana, aborrecida com a presença dos filhos.

– Mãe, a senhora não tem o direito... – iniciou a falar Francisco, mas, tendo sido interrompido pela mãe, calou-se.

– Direito? Quem é você para me falar de direito? Quem disse que não tenho direito? Pois fique sabendo que tenho muito mais que direito.

– Vamos para casa, por favor – pediu Francisco.

– Não. Vão vocês, que eu ainda tenho que falar com Justina. Quero o seu carro, Adolfo; peguem um táxi e voltem para casa.

– A senhora está fora de si, minha mãe. Por Deus, ouça-me, nós a levaremos para casa. Outra hora, a senhora conversa, com mais calma, com a tia Justina. Eu lhe imploro, por favor.

– Não, não e não! Eu quero o carro! – gritou, empurrando os filhos, entrando no carro e, após tomar a chave das mãos de Adolfo, dando partida no motor antes de bater a porta. Francisco segurou no braço esquerdo dela e disse:

– Irei com a senhora, mas deixe o Adolfo dirigir.

– Não preciso de motorista, muito menos motorista em quem não confio.

– Mãe, sei que não pode confiar em mim, mas peço perdão pelo mal que lhe causei e me arrependo muito. Não aguento mais viver assim, prefiro morrer que ser tratado sem amor pela senhora.

– Adolfo, ela o ama, apenas não sabe o que diz. Vá para casa, e eu a acompanho.

– Irei também, Francisco, deixe-a dirigir, se isso a satisfaz.

Todos entraram no carro, e Ana o arrancou com irresponsabilidade, quase batendo atrás de outro carro, que estava estacionado. Francisco pediu que o irmão colocasse o cinto de segurança.

– Mãe, eu a amo muito. Lamento por tudo que tenha passado e espero que um dia possa perdoar o nosso pai e a pobre Suzana, que já sofre em vida. É por amá-la tanto que lhe imploro: aprenda a amar a Deus em Seus filhos sofredores, pois Ele a recompensará. Em minha gaveta de cabeceira, tem um livro, *África Negra*, que foi a vovó que me deu, e dentro tem uma carta. Leia-a quando a dor tomar conta de sua alma. Eu a amo tanto, minha mãe!

Ana, deixando o sentimento tocar sua alma, olhou pelo retrovisor e viu Adolfo atrás, depois olhou para Francisco. Sem se dar conta, não percebeu que, na outra mão, vinha um carro fazendo uma ultrapassagem perigosa. Ela tentou se desviar, mas o impacto dos dois carros abriu a porta do lado de Ana, que estava mal fechada, e a jogou para fora do carro.

Na Avenida Delfim Moreira, o trânsito ficou parado. As pessoas se mobilizaram para ajudar os passageiros que ainda estavam dentro do carro, ambulâncias foram acionadas e, minutos depois, estavam no local. Ana estava desacordada e com algumas lesões, aparentemente superficiais. O motorista do outro carro, embriagado, foi retirado sem vida dos destroços. Médicos voluntários, que passavam pelo local, agiam rapidamente para prestar socorro a Ana. O corpo de bombeiros tentava retirar os corpos presos às ferragens, dos dois rapazes, Francisco e Adolfo. Ana recuperou a consciência a tempo de ver os dois filhos sendo retirados do veículo, e gritos de horror tomaram conta daquela pobre mãe.

– Não! Meus filhos, não!

Aos gritos, Ana se aproximou do carro quando Adolfo está sendo retirado. Os bombeiros tentaram afastá-la, mas em vão. Ela esperneava e implorava, ao mesmo tempo, para deixá-la ali. A força física de Ana parecia a de um animal feroz e, segurando a mão de Adolfo, disse:

– Eu o amo meu filho, eu o amo.

Olhando para dentro do carro, Ana se deu conta de que Francisco ainda estava lá, desacordado. Ela foi amparada pelos médicos presentes, ainda com esperança de Francisco estar vivo. De repente, ouviu uma voz:

– Ele está morto!

– Deus maldito, como ousa tirá-lo de mim? Meu filho, você não, eu devia morrer em seu lugar, eu sou maldita, mas você, filho de minh'alma, não. Por favor, Senhor de Francisco, devolva-lhe a vida, eu vos imploro, dou a minha vida e tudo que me resta em troca deste filho que é tudo para mim! Nããão! Isso não, por favor. Francisco, meu filho! Volte para mim, não posso viver sem você, querido! Volte, por favor, isso é um pesadelo! Malditos, não tirem o meu filho amado. Francisco! Francisco! Francisco, sou eu, meu amor, a sua mãe! Perdoe-me o que fiz! Deus!!! Devolva o meu filho, por misericórdia!

Puxando a mão de Francisco da maca, Ana desmaiou, sendo socorrida mais uma vez e colocada na ambulância. Já no hospital, depois de medicada, tentou levantar-se da cama, mas foi impedida por uma enfermeira, que pediu a ela que se acalmasse.

– Onde está meu filho Francisco? Deixe-me vê-lo!

Nesse momento, Justina apareceu na porta do quarto em que Ana estava.

– Justina, por favor, deixe-me sair daqui! Preciso ver Francisco. Ele tem que estar vivo! Por misericórdia, tenho que sair daqui.

Quebrando tudo dentro do quarto e chorando desesperadamente, Ana foi abraçada por Justina.

– Vou levá-la embora, mas, por favor, prometa-me que vai tentar se acalmar.

– Eu prometo! Eu prometo!

Mercedes e Augusto estavam resolvendo a parte burocrática para o sepultamento de Adolfo e de Francisco, mas precisavam da permissão da mãe para tomarem algumas providências, já que não havia outro parente ali. Justina, por sua vez, pediu aos médicos que dessem alta a Ana, pois cuidaria dela em casa. Os médicos se negaram a deixá-la ir, pois precisava ficar em observação. Havia sofrido algumas pancadas, e as consequências, às vezes, só apareciam depois de horas.

Ana Luiza ficou fora de si com a resposta do médico, gritando que precisava ver os filhos, que tivessem compaixão dela.

– Meus filhos não podem ser enterrados sem mim! Eu processo qualquer um que faça isso. Não! Por favor, não! Francisco não pode ser enterrado. Ele é meu filho e tem que estar vivo. Adolfo era como eu e o pai, mas Francisco era um anjo. Ele é bom, meu filho é bom. Justina, diga que é mentira.

Justina, chorando, abraçou-a fortemente e prometeu:

– Ana, minha filha, Mercedes e Augusto são como da família para nós e estão providenciando tudo. Mas nada faremos sem a sua presença, eu prometo. Não fique assim ou será pior.

– Pior, Justina, pior que o quê? Meus filhos estão mortos. Eu os matei. Francisco não pode me deixar. O que será de mim? Não tenho vida sem ele. Estou sufocando, Justina! Estou sufocando! É preferível a morte que ficar sem Francisco.

Os médicos entraram e pediram que o enfermeiro aplicasse um sedativo nela. Justina não aguentava ver tanta dor. Ela conhecia o amor incondicional de Ana por Francisco.

Horas depois, Mercedes entrou no quarto do hospital, com o rosto tomado pela dor de saber mortos os rapazes que ela praticamente criou como filhos, mortos. Ainda tinha que providenciar o funeral com o filho Augusto, para poupar Ana, que não teria condição alguma de providenciar nada. Olhando para a filha de sua alma, que estava medicada em leito hospitalar, Mercedes desabafou com Justina:

– Não suporto ver o sofrimento dela. Meu Deus! Tenha misericórdia dessa irmã que sofre a perda dos filhos. Justina, é triste demais ver a dor dela por causa de Francisco, e eu temo muito pelo que irá acontecer com ela. O amor de Ana por esse filho era maior que qualquer sentimento conhecido por mim a um ente querido – disse, com a voz embargada pela dor. – Justina, o que faremos?

– Acho que devemos perguntar ao médico se ela terá condição de acompanhar o sepultamento dos filhos.

– Meu Deus! Como será a vida dessa pobre infeliz que, em tão pouco tempo, teve a vida completamente transformada em dor?! Não creio que ela tenha condição, mas terá que ir no sepultamento. Ou sabe lá Deus o que isso poderá causar nela. Francisco era a vida dessa pobre criatura. O que vamos fazer, Justina, para ajudá-la?

Nesse exato momento, Augusto entrou e participou a todos que os corpos estavam no IML e que só sairão de lá em algumas horas. Ele já havia providenciado tudo com o presidente da Casa Espírita. Não havia nada que pudesse ser feito naquele momento. O irmão Josias estava esperando o atestado de óbito chegar para as últimas providências.

– Oremos a Deus, rogando amparo para todos neste momento tão difícil. Sabemos que nada acontece sem a permissão de Deus. Se Ana ainda precisou viver tamanha dor, deve haver um propósito. Deus é misericordioso e tudo sabe. Os filhos dele só passam por coisas necessárias para o aprendizado moral. E quem somos nós para questioná-Lo? Devemos ser resignados e aceitar a situação, e viver a dor é tudo o que podemos fazer no momento. Que seja Ele a amparar essa pobre irmã e mãe, que vive a dor mais intensa existente em nosso mundo, que é a dor de perder um filho. Que seja Jesus, o nosso Irmão Maior, a fortalecê-la neste momento.

Ditas aquelas sábias palavras, todos silenciaram e oraram aos pés de Ana Luiza.

17

A vida de Ana sem os filhos

Já fazia um ano após o acidente fatal que levara Francisco de volta para casa, no plano espiritual. Adolfo se encontrava em recuperação num hospital, em uma colônia distante da que se encontrava o irmão Francisco, e sua consciência ainda o acusava de egoísmo e falta de amor. Foram meses em zona de sofrimento até conseguir entender que deveria se perdoar e aceitar ajuda. Ana, por sua vez, continuava em depressão. Já não saía, e os amigos Justina, Mercedes e Augusto eram os únicos que podiam vê-la. Os amigos de Francisco, que eram os trabalhadores da Casa Espírita, ainda iam vê-la nos primeiros meses, mas depois pararam de ir. Foi percebido por todos que ela ficava pior com a presença deles. Tudo ou qualquer pessoa que pudesse ter tido contato com Francisco significava a volta dele para aquela mãe. Ela não os deixava ir embora, na esperança doentia de que o filho fosse aparecer e ficar com os amigos. Uma vez, a pobre Ana trancou a todos no quarto e jogou a chave fora pela janela do apartamento, dizendo que eles não podiam sair sem Francisco chegar e que, se fossem embora, ele não voltaria. Foi exatamente nesse dia que chegaram à conclusão de que a visita deles não era benéfica para ela. Mercedes e Augusto concordaram, pois eram eles que cuidavam de Ana com todo o amor que se podia dedicar a um filho de Deus.

– Ana, minha filha – dizia Mercedes–, você precisa reagir ou acabará morrendo. Sabe que Francisco vive em outro lugar, e ele deve estar sofrendo de vê-la assim. Bem sabe o quanto ele a ama. Como pode deixar de viver? Quer que ele sofra vendo-a neste estado?

– Eu o quero de volta! Não posso viver sem ele. Essa dor aumenta a cada dia. Que infelicidade! Eu quero meu filho! Preciso dele!

– Minha filha, confie em Deus e, em hora oportuna, você poderá se encontrar com ele, mesmo que seja em sonho. Ele poderá vir e lhe dizer como está bem. A tristeza que ele deve sentir é em ver você sucumbir, não aceitar a vontade de Deus. Ah! E, antes que blasfeme contra Deus, eu imploro que se lembre de tudo que o seu filho amado lhe ensinou a respeito de Deus.

Ouvindo aquelas palavras, não ousou blasfemar. Mercedes, então, disse que iria preparar um lanche para ela e que, em nome de Francisco, ela deveria tentar se alimentar. As lágrimas rolavam silenciosamente do rosto lúgubre de Ana, e o quarto parecia uma câmara funerária, onde não havia vida, só o ar gelado, as cortinas fechadas, que ela mesma fechava, num escuro que parecia já ser noite. Ela se encontrava sentada em uma poltrona de veludo azul-marinho, vestida com uma camisa de Francisco, segurando o retrato dele e de Adolfo. Algumas vezes olhava para o retrato de Adolfo e pedia perdão, e a consciência torturava-a silenciosamente.

– Ana, minha filha – dizia Mercedes com ternura –, sei que sofre a ausência física dos seus filhos, mas você precisa continuar vivendo; eles só perderam o corpo físico, que com a morte se extingue, porém, querida, é o Espírito que vive em outra dimensão. Só por não podermos ver não significa que não exista. Deus não criaria homens para que a vida deles se acabasse com a morte do corpo, senão que sentido teria essa criação?

Ele nos criou para a eternidade, e voltaremos, sempre que necessário, para o corpo físico. São oportunidades novas que o nosso Pai Celestial nos concede. Francisco sempre lhe falou sobre isso, ou não acredita em seu filho? Acaso pensa que ele era um fanático religioso? Claro que não! Deus cria Espíritos constantemente, e esses Espíritos necessitam de corpos para ganharem experiências neste e em outros mundos. Como está escrito no Evangelho, "Há muitas moradas na casa do meu pai", e foi Jesus quem nos ensinou isso. Sei, minha filha, que não gosta que se fale em Jesus, mas ninguém irá ao pai se não for pelo filho. Você precisa encontrar a sua paz, e isso só será possível através de Jesus, que nos ama e nos perdoa por compreender que ainda somos falhos, e somente as encarnações nos dão experiências para o nosso amadurecimento moral, quando deixaremos nossas imperfeições para trás e construiremos novas condutas positivas em nós mesmos. É assim, Ana, que evoluímos, até o dia em que chegaremos a corpos e atitudes morais perfeitas. Francisco, Ana, devia ser, ou melhor, deve ser um desses Espíritos experientes, com capacidade de amar a todos da mesma forma, sem julgar, respeitando as imperfeições alheias, por entender que estamos todos em fase de evolução. Tenho certeza de que ele está com você sempre e de que deve estar tentando fazer com que o ouça, mas a dor que sente está lhe causando surdez moral e é, por isso, que ainda não consegue ouvir uma voz que soe alto em sua alma, que é a voz de Francisco a lhe falar. Permita, querida, que o seu bem-amado possa lhe falar. Deve existir algo que ele lhe tenha dito para o seu auxílio quando tudo parecia o fim. Esse Francisco, que nós conhecemos, jamais deixaria você na ignorância e na dor.

Após tocar os cabelos dela, Mercedes saiu do quarto, deixando-a entregue aos seus pensamentos.

18

O livro

No dia seguinte, Mercedes foi até o quarto de Ana e não a encontrou. Preocupada, procurou por toda a casa, deixando o quarto de Francisco por último, já que ela não entrava lá desde a desencarnação do filho. E ficou surpresa com o que viu ao abrir a porta. Ana se encontrava sentada ao lado de um criado-mudo e tinha, em uma das mãos, um livro que era de Francisco. Havia sido presente da avó, e parecia estar criando coragem para abri-lo, com os dedos acariciando o livro ainda fechado, esperando o momento certo para ver o conteúdo. Mercedes entrou lentamente e perguntou:

– Ana, você está bem?

– Deixe-me em paz.

E Mercedes já ia saindo quando, de repente...

– Chame Augusto, por favor.

E a mulher ficou surpresa com as palavras gentis e educadas que, repentinamente, foram pronunciadas por Ana; palavras simples, como 'por favor', não faziam parte do seu vocabulário, sempre arrogante.

– Claro, Ana.

– Obrigada, Mercedes.

Aquilo era de surpreender.

– Augusto, querido, Ana gostaria que você fosse falar com ela no quarto de Francisco. E não faça perguntas, sei que deve estar espantado, eu também estou. Para falar a verdade, estou mais feliz que espantada, porque a dor realmente cura a alma enferma.

– Irei agora mesmo.

Batendo à porta, Augusto abriu-a lentamente e entrou.

– Dona Ana, estou aqui, o que deseja?

– Sente-se, meu filho.

Aquelas palavras pareciam ser ditas por outra pessoa, Augusto orava a Deus em agradecimento pelas palavras que enterneciam a sua alma cristã.

– Augusto, sei que meu filho o amava como irmão; fale-me, o que é Deus para você?

E Augusto, pausadamente, respondeu-lhe:

– Deus é o princípio de tudo, causa primeira de todas as coisas. Ele é todo poder, sabedoria, e está em tudo como tudo está Nele. Não existe nada no Universo que fuja da Sua vontade. Não existe lei que possa contrariar a vontade de Deus. Tudo o que foge da Sua vontade é um equívoco, e as consequências podem ser dolorosas.

– Está me dizendo que a morte dos meus filhos, e principalmente a de Francisco, que era tão perfeito, foi a vontade de Deus? – questionou Ana.

– Dona Ana, se nada foge à vontade Dele, creio que sim. Deus nos dá a oportunidade de crescimento sem a dor, mas, quando não aceitamos essas oportunidades, Ele nos lança o último e mais doloroso recurso, que é a dor. Tudo serve para nosso crescimento moral. Francisco era um servidor de Jesus aqui encarnado, ou seja, na carne. Agora, dona Ana, ele continua servindo a Jesus em Espírito eterno que é.

– Eu não posso aceitar que uma pessoa tão perfeita possa morrer de maneira tão trágica e ainda tão jovem!

– Ele é um Espírito honrado, repleto de amor e respeito pelas leis do Nosso Criador, porém ainda não é perfeito, dona Ana. Perfeito só Deus o é.

– Você poderia me explicar como a morte dele pode servir para a melhora moral de alguém? Eu não consigo entender!

– Pois eu consigo entender, e muito bem, principalmente hoje.

– Como assim, Augusto?

– Olhe, dona Ana, a senhora jamais conversou comigo sobre qualquer coisa e hoje, por amor ao seu filho, e pela falta que ele lhe faz, pediu que eu, um simples empregado, viesse explicar alguma coisa à senhora. Perguntar-me sobre Deus é uma honra, e penso apenas que nada sei ainda sobre assunto tão maravilhoso. Era tudo o que o Francisco gostaria de ouvir da senhora; sei que, onde ele está, e penso que é perto de nós, está muito feliz com a senhora. Aí está um dos motivos para que a dor se faça presente. Aceitar Deus e Sua vontade.

– Eu não disse que aceito Deus e, muito menos, Sua vontade, apenas me pergunto quem era esse homem de quem ele tanto me falava.

– Deus não é um homem como conhecemos no

sentido literal, é algo grandioso, que somos incapazes de descrever por falta de vocabulário. A primeira pergunta do primeiro capítulo de "O Livro dos Espíritos" é exatamente "Que é Deus?", e não quem é Deus. Exatamente porque Kardec, o homem que codificou a doutrina dos Espíritos, não sabia como se referir a essa força superior e de luz, único ser perfeito.

– Augusto, não sei se acredito em tudo o que me diz, mas agradeço por falar comigo. Você tem uma alma parecida com a do meu filho. Fico grata.

– Alma, dona Ana?! A senhora disse alma? Vejo que já está tirando os escombros do seu pretérito. Esses entulhos, que são as mazelas morais, estavam impedindo que os conhecimentos existentes na mente da senhora, adquiridos por meio das encarnações, viessem à tona. São arquivos mentais, ou seja, experiências acumuladas em nossa mente espiritual pelas diversas encarnações. Em momento oportuno, passamos a usá-las em nosso benefício, pois assim Deus o permite. Quando estamos com entulhos, que são nada mais que orgulho, vaidade, luxúria, vícios da carne e da alma e tantas coisas nocivas, nós não conseguimos ver; o bem, na maioria das vezes, fica soterrado. Um dia, dona Ana, ele virá como uma chuva que limpa a nossa alma e nos ergue para Deus.

– Obrigada, Augusto. Pode ir.

– Fique com Jesus, dona Ana, e verá que sua dor será aliviada.

Augusto não se continha de felicidade. Ele e Mercedes abraçaram-se e choraram de alegria.

– Augusto, hoje fomos testemunhas da ação de Deus em nossa vida. Pensei que não veria, em vida, Ana falar com generosidade no coração. A dor de perder o filho amado e a culpa de não ter perdoado Adolfo em vida estão abrandando o coração da nossa irmã querida.

– Estou tão feliz, que chego a pensar em como é doce o sofrimento. Como ele tem o poder de abrandar as feras ocultas em nós. Deus seja louvado!

Ana Luiza olhava para aquele livro de capa dura como se quisesse perguntar algo. Às vezes, cheirava o livro para sentir o perfume de Francisco. Provavelmente, as mãos dele haviam tocado inúmeras vezes aquelas páginas. Uma voz parecia falar à mente dela. Era como um gravador a repetir perfeitamente as últimas palavras de Francisco: "– Mãe, eu a amo muito. Lamento por tudo que tenha passado, espero que um dia possa perdoar nosso pai e a pobre Suzana, que já sofre em vida. É por amá-la tanto que lhe imploro: aprenda a amar a Deus em Seus filhos sofredores. Pois Ele a recompensará. Em minha gaveta de cabeceira, tem um livro, *África Negra*, que foi a vovó quem me deu, e dentro tem uma carta; leia quando a dor tomar conta de sua alma. Eu a amo tanto, minha mãe!".

Ana soluçava com os pensamentos. Abriu o livro em uma página que parecia estar semiaberta. Envelope feito à mão com um papel colorido ocultava um bilhete. Ana abriu e viu uma foto em que estavam sua mãe, Marta, seu pai, Ataíde, e umas crianças africanas em estado cadavérico. Uma delas jazia nos braços de Marta. Ana imediatamente fechou o livro e jogou a foto no chão, assustada com a imagem. Naquele exato momento, ela sentiu o perfume de Francisco tomar conta do ambiente. Era ele, próximo, muito próximo de sua mãe, a tocar-lhe o rosto, acariciando e beijando sua fronte. Ana sentiu um calafrio. E perguntou:

– É você, meu filho? Por favor, se existe vida após a morte, como você sempre me falou, dê-me um sinal.

Parecia que aquele sinal era insuficiente para Ana, pois a incredulidade nos torna cegos e apáticos. Francisco sentou-se ao lado da mãe e disse: – "Leia, por favor, mãe querida". – E Ana, lentamente, abriu o bilhete, que dizia: *"Um dia quero viver junto deles para aprender a servir a Jesus de forma mais intensa. Preciso esquecer-me de mim, para dar prazer aos outros, já dizia a irmã Teresa do menino Jesus, e só assim serei feliz. Mãe, quando a senhora estiver lendo estas palavras, eu estarei sentado ao seu lado beijando a sua fronte perfumada e segurando a sua mão gelada. Hoje, querida mãe, estou a lhe rogar, em nome de Deus, que aprenda a ser feliz servindo os filhos Dele. A minha morte não existiu. Apenas o meu corpo ficou para trás, siga o seu coração. Eu estarei em todos os que sofrem a esperá-la. Amo-a menos que a Deus e tanto quanto a mim mesmo. Eu sou um filho de Deus, e tal como a senhora e toda a humanidade, somos irmãos de Jesus. E só entraremos no reino Dele no dia em que vivermos para o bem da humanidade".*

19

A viagem

Cedo, Ana ligou para Justina e disse que iria viajar. Esta, sem compreender, perguntou a ela para onde pretendia ir e, em poucas palavras, Ana lhe respondeu que iria, pelo menos uma única vez, atender ao pedido de Francisco e desligou o telefone. Justina, preocupada, foi até a casa dela.

– Mercedes, Ana vai viajar para onde? Você está sabendo de alguma coisa?

– Sim, estamos sabendo, sim. Ela irá para a África.

– África? O que você está me dizendo?

– Ela saiu cedinho com Augusto, e os dois foram comprar as passagens. Ela disse que ainda não sabe bem o lugar, mas, com certeza, quer encontrar a paz que tanto almeja. Ela nos disse que sonhou com Francisco e que ele estava feliz. Ela sentiu, depois desse sonho, a necessidade de ir para a África, e eu a apoio. Penso que qualquer coisa é melhor que ela morrer aos poucos, trancada nesse quarto como tem sido há um ano e quatro meses.

– Sei o quanto ela sofre. Mas à África?

– Sim, e por que não? Afinal, Francisco nos contava histórias lindas de lá, que eram contadas por dona Marta e seu Ataíde. Sem contar que o Augusto irá com ela. Confio plenamente em meu filho e estou feliz com essa decisão dela.

Duas semanas depois, Augusto e Ana Luiza desembarcavam em solo africano. Ana tinha em mente viajar para a Costa do Marfim, pois sabia que alguns estados da África sofriam ataques de rebeldes. E ela conheceu no voo uma brasileira, voluntária na África, que estava indo para Freetown, capital de Serra Leoa e maior cidade do país. Ana não conseguia entender o que fazia uma mulher se tornar voluntária a uma causa que nada tinha a ver com o país dela. Mesmo assim, ouvia tudo o que ela contava. Ana estava decidida: Serra Leoa não faria parte do seu roteiro. Estava sendo palco de uma guerra civil.

– Vocês querem uma carona?

– Não, obrigada, estamos indo para a Guiné-Bissau e lá decidiremos o que fazer. Eu mesma ainda não sei o que faço aqui – agradeceu Ana à companheira de voo.

Um ônibus, que ia partir em algumas horas com destino à cidade de Dalaba, chamou a atenção de Augusto.

– Dona Ana, o motorista daquele ônibus diz que o destino é a cidade de Dalaba.

– Onde fica Dalaba, meu filho?

– Creio, dona Ana, que é na Guiné-Bissau. Eu irei perguntar. Se o motorista for de Guiné-Bissau, ele fala português.

E Augusto foi até o ônibus.

– Por favor, este ônibus está indo para onde, senhor? – indagou Augusto.

– Para Dalaba – respondeu o motorista, em português.

Augusto correu até Ana e lhe contou que aquele ônibus iria para Guiné-Bissau, para a cidade de Dalaba.

– Vamos, então, Augusto, não temos nada a perder mesmo!

– Sim, senhora.

Entraram no ônibus e logo estavam de partida. Muitas conversas eram ouvidas por eles dois, algumas assustadoras. Havia no ônibus uma mulher muito doente, o filho pequeno em seus braços e o esposo com cara de quem não estava bem e passava fome. Era, de fato, um ônibus cheio de pessoas que pareciam refugiadas. Boa parte estava realmente fugindo. Augusto oferecia água a uma criança negra, que olhava para ele com tristeza. Ana parecia estar preocupada, mas não pensava em desistir da viagem.

De madrugada, o ônibus estava chegando ao seu destino. Quando parou, os passageiros desceram e logo foram pegando outro ônibus. Alguns falavam crioulo, outros inglês, e a maior parte, português. Ana decidiu procurar um lugar para ficar hospedada.

A mulher que estava ao lado direito do ônibus cochichou algo para o esposo, que se dirigiu para Augusto, dizendo:

– Senhor, pode ficar em nossa casa. Ela é muito pobre, mas podem ficar, se quiserem.

Humildemente, aquele homem sofrido e extremamente magro oferecia abrigo para Ana e Augusto.

– Mas o senhor não nos conhece! – retrucou Ana.

– Não podem ser piores que os rebeldes – respondeu o homem.

Dirigindo-se a pé para a casa do casal, Augusto perguntou o que estava acontecendo, e o homem contou o terror que a África vivia e que ele estava vindo da cidade de Freetown, em Serra Leoa. Era um escravo e trabalhava nas minas de bauxita, depois foi levado para as minas de diamantes, onde teve um dos dedos da mão cortado com uma faca comum, após ter sido vítima de uma fofoca, tendo sido acusado de esconder um diamante na pele. Não acharam diamante algum com ele, mas, mesmo assim, os ingleses que cuidavam das minas de diamantes em que ele trabalhava, e em regime escravo, mandaram cortar-lhe o dedo para servir de exemplo aos outros. A esposa foi violentada pelos rebeldes e surrada. Doentes e ajudados por uma freira que estava em missão religiosa na África, fugiram de Serra Leoa. Ana ouvia tudo em silêncio absoluto. As palavras daquele homem faziam-na lembrar Francisco, quando este mencionava que o mundo precisava de pessoas generosas para ajudar os filhos de Deus que sofriam nas mãos de homens gananciosos. Parecia até que ele, Francisco, já estivera na África. De repente, uma tosse seca trouxe Ana de volta ao mundo real; era o filho do casal, que estava muito doente.

– Podemos fazer algo por ele, senhor?! – perguntou Ana.

– Ninguém pode. Ele está morrendo e a minha mulher, também.

À primeira vista, parecia um homem frio, mas não era. Sofrido de tanto ver crimes bárbaros, ele havia se acostumado com a morte diária.

– Augusto, penso que deveríamos ir para outra cidade. O que acha?

– A senhora decide. Irei para onde a senhora desejar.

– Pois bem, descansaremos hoje aqui, em companhia dos amigos, e amanhã iremos para a cidade em que meus pais ficaram quando vieram para a África. Eu não sei onde é, mas lembro o nome.

– E é aqui em Guiné-Bissau? – perguntou Augusto, curioso.

– É, sim. O nome é Daragbe.

– Mas por que viemos para Dalaba, dona Ana, e não fomos direto para Daragbe?!

– Não sei, meu filho, não sei! Às vezes, penso que não sei o que estou fazendo, e muito menos para onde vou. Acho que meu coração está me guiando. É tudo o que posso dizer neste momento. Tenha paciência, Augusto. Ligaremos amanhã para Mercedes, afinal só ligamos quando chegamos ao aeroporto. Ela deve estar preocupada conosco, ou melhor, com você.

– Comigo e com a senhora. Ela a ama como filha.

– Augusto, sinto que algo pode mudar a minha vida neste lugar. Eu só não sei o porquê, mas acredito que a dor que sinto irá diminuir.

– Acredite em Deus, dona Ana, a senhora vai voltar melhor para o Brasil.

– É, talvez você tenha razão.

20

Planejamento reencarnatório

O PLANEJAMENTO REENCARNATÓRIO OBEDECE A juízo crítico que decorre das conquistas morais ou dos prejuízos causais de cada candidato a voltar à carne. Há programas e trabalhos especializados para atendimento de finalidades particulares, nos quais alguns candidatos, considerados em nível moral médio de evolução, precisam apresentar recursos que esperam usar. Os planos de cada candidato são analisados por Espíritos experientes e hábeis, que se dedicam com afinco a esse fim, verificando também as possibilidades de fracasso ou sucesso antes de aceitar o que o candidato deseja. O candidato, então, é submetido a treinamento, de acordo com o que deverá ser realizado por ele quando encarnado, e que deve também servir para o bem da humanidade. Infelizmente, ou felizmente, nem todos conseguem aprovação, o que acontece apenas àqueles candidatos que, nos treinamentos, mostraram que seriam capazes de ter sucesso; os outros continuam a aprender para, em novo pedido, serem aceitos com margens menores para o insucesso. Têm por prioridade, nesses treinamentos, aprender a ter equilíbrio, a vencer as más inclinações que os acompanharam nas várias existências em que malograram, e trabalho para qualificar as aptidões. Aí vem o segundo passo, que é encontrar pessoas que tenham condição de recebê-los; é claro que tudo isso deve obedecer à lei cármica. Algumas pessoas se encontram por meio dos chamados sonhos, ou são feitas reuniões, quando o caso já foi programado antes do nascimento. O de Francisco cabe ao primeiro caso. Sendo Francisco um Espírito de elevado valor moral e tendo, dessa forma, condição para o nascimento, mesmo sem uma programação prévia, pode ser aceito o pedido. Alguns também podem passar por essa situação, principalmente casos de reencarnação compulsória.

– Irmã Tereza, hoje completam exatamente dois anos que estou de volta. Vejo a querida Ana se entregar à dor, sem enxergar objetivo de vida. Ela e o Augusto voltaram, infelizes, para o Brasil; ele por não conseguir ajudá-la a se confortar; ela por não conseguir perceber o amor de Deus. É por essa razão que estou aqui, pedindo-lhe que me permita voltar à carne.

– Francisco, sei da sua dedicação aos irmãos sofredores e, principalmente, a essa irmã, mas bem sabe o quanto tem se prestado a socorrê-la em inúmeras encarnações, todas sem êxito. O tempo dela é curto e logo estará de volta. A angústia à qual se entregou faz com que ela tenha o seu tempo na carne diminuído, visto que se deixa levar pela dor e pela saudade, sem se importar com mais nada. O egoísmo a faz sofrer, e não aceitar a vida é aceitar a morte. Você acabou de chegar. Como posso pedir que volte?! E, se voltar, quanto tempo teria para ajudá-la, já que o dela mesmo está se esgotando?!

– Sei e compreendo a sua preocupação, mas me permita ir ao Ministério de Auxílio para que possa expor o meu desejo!

– Se deseja realmente, irei com você amanhã.

Teresa era dedicada servidora da Colônia Esperança, um dos locais de onde partem os Espíritos que fracassaram sucessivamente em várias encarnações, saindo de lá para a Terra em oportunidade redentora. Ana estava lá antes de ir para a Terra, seu esposo e filho também. Por esse motivo, Francisco foi pedir ao coordenador de lá que pudesse voltar a fim de mais uma vez ajudá-la.

– Bom dia, meus irmãos. Como têm passado, e que bons ventos os trazem hoje aqui?! – inquiriu irmão Pedro, coordenador do Ministério do Auxílio.

– O irmão Francisco está de volta ao nosso meio, como bem sabe, há exatamente dois anos. Foi em missão redentora, como é do seu conhecimento também. A irmã Ana continua na carne e ainda não conseguiu despertar para Deus, embora tenha ensaiado algumas palavras gentis. O tempo dela na carne está se esgotando e, em breve, retornará para a nossa Colônia. O irmão Francisco e todos nós tememos por saber que, se continuar como está, não retornará à Terra e será enviada para o planeta mais póximo dela em evolução. Francisco tem um plano para, mais uma vez, ir em socorro dessa amiga, evitando assim que seja mais uma a deixar o nosso amado planeta. Sabemos quanto é importante trabalhar em favor desses irmãos, e é por esse motivo que pedimos que ouça os planos dele – esclareceu irmã Teresa.

– Francisco, amigo querido, você é um trabalhador leal e consciente, porque, se teve sempre os pedidos concedidos depois de serem analisados, para socorrer essa irmã que lhe é tão cara, é por ter méritos suficientes. Sabe que não necessita estar aqui em nossa atmosfera espiritual, na Terra, porém decidiu que não sairia daqui enquanto houvesse companheiros de encarnações aprisionados em desejos ainda inferiores nesse planeta de provas e expiações. Poucos dos seus familiares se encontram aqui, e os que ainda restam na Terra vivem uma vida dedicada à religião e a aprender a ser útil. Mas a nossa irmã Alina, apesar de tantas encarnações e oportunidades que vem recebendo, não deixa que o próprio coração seja abrandado. Entretanto, como conheço o seu mérito, estou aqui para ouvi-lo, e jamais negaria tal pedido.

– Fico grato, irmão Pedro. Como estava falando antes, a nossa irmã Ana, realmente, não tem tido merecimento para ser auxiliada, mas eu a amo fraternalmente e me sinto no dever moral de auxiliá-la mais uma vez. Sei que o tempo, se fosse me dada a oportunidade, seria curto, ou melhor, muito curto, mas mesmo assim desejo tentar.

Dos olhos de Francisco saíam faíscas de luz, e do

peito jorrava uma luminosidade cintilante de cor violeta capaz de ser percebida no corredor.

– Fale-me, Francisco, o que tem em mente para esse auxílio. Não estou dizendo que concordo, porém necessito ouvir como pretende fazer isso.

– Irmão, Ana esteve na África, como é de seu conhecimento. Augusto, nosso irmão que ainda se encontra em missão, também foi e voltou com a sensação de dever não cumprido. Bem sabemos que tudo fez para auxiliar Ana. E não é dele o fracasso. Hoje, estou a lhe pedir que permita a minha volta, não como filho ou parente dela, mas para que eu possa, pelo sofrimento, despertar o coração dela com o meu amor. Gostaria de nascer em solo africano, ser mais um dos filhos de nosso Pai a sofrer a fome, a sede e o descaso humano na carne. Nenhum laço familiar com a Ana. Sei que ela pode sentir-se novamente atraída para o solo africano e perceber Deus em filhos tão sofridos. Gostaria também de contrair o vírus HIV, tendo, portanto, uma doença que pode afastar as pessoas, mas também pode vir a despertar piedade em almas duras como a dela.

– Francisco, meu amigo, sei da sua força, porém temo enviá-lo nessas condições. Não por você não suportar, mas por não conseguir depois de tanta dor.

– Sei do seu amor por todos nós, mas preciso ir. Permita-me, ficarei lá apenas seis anos, e ela ainda ficaria mais dois anos. Tenho que tentar pela última vez.

– Bem, se assim o deseja, mas, sabendo o quanto será difícil nascer em solo africano, enviarei com você, como guia e amiga, a irmã Iman, que conhece as dores da África. Mas, já que irá tentar mais uma vez, teremos primeiro que procurar, de acordo com o mapa cármico de alguns irmãos que já se encontram lá encarnados, analisar o que melhor caberia em tal situação. Na África, o poder do homem impera em verdadeiro desvario. Iremos agora mesmo fazer o planejamento desse seu retorno.

✳ ✳ ✳

– Irmã Clarice! Trouxemos Francisco aqui para que possamos juntos planejar imediatamente o retorno dele à carne. Sabemos que isso não seria possível para muitos que necessitam encarnar na Terra, mas para ele isso é completamente possível, já que vai em missão.

Depois de longas horas de conversa e planejamento, ficou decidido que ele voltaria à carne nos braços de uma mulher sofrida, na cidade de Serra Leoa, onde a guerra civil estava a todo vapor, as mulheres eram violentadas, e ele seria filho dessa violência. Sua futura mãe era encarnação de uma portuguesa de sangue nobre. Mulher egoísta e autoritária, abusava dos escravos maltratando-os e, agora, estava ali encarnada como uma negra leonense, sendo abusada nas mãos dos rebeldes, privada de conforto. Outrora, como rejeitara ser mãe de um filho de um dos escravos com quem mantinha intimidades sexuais, agora necessitaria receber um filho pelo abuso sofrido no mesmo campo sexual. O Espírito rejeitado por ela estava ainda sendo seu obsessor e não aceitava ajuda. Devido à sua mudança moral, ocorrida pelo sofrimento, seu fardo seria aliviado, e receberia Francisco, um filho pacífico, o que evitaria desgastes fluídicos na gestação por intermédio do ódio do outro filho. A irmã Iman ficou incumbida de explicar a Francisco tudo sobre Serra Leoa. Ele não iria nascer em solo desconhecido, teria a condição de ir até lá antes de seu nascimento, a fim de ser preparado, e receberia todo o conhecimento teórico dado pela irmã Iman. Em um encontro através do chamado sonho, Francisco e aquela que viria a ser a sua genitora iriam se conhecer.

– Bom dia, Francisco.

– Bom dia, irmã Iman. Estou ansioso para aprender com a senhora tudo o que me for possível sobre o país e a cidade em que irei nascer. Sinto-me feliz por poder receber essa oportunidade de esclarecimento. Espero conseguir aproveitá-la.

– Você sabe, Francisco, que não usará os conhecimentos que lhe passarei sobre Serra Leoa, mas é um direito seu saber o que tem acontecido e o que está acontecendo lá, já que irá em missão. É um direito que lhe assiste.

– Obrigado, irmã Iman.

– Francisco, meu nome não é Iman, fui batizada com o nome de Lívia. Quando encarnada, fui freira e, em missão na África, um irmão, na Somália, me deu esse nome, que significa fé. Eu precisava fazer as pessoas acreditarem em Deus, para conseguirem sair do sofrimento. Então, eu falava constantemente da fé em Deus. Foi esse o motivo de ele me chamar de Iman. Como gostei muito dessa encarnação, prefiro que me chamem de Iman. Conheço a sua história e a de Ana Luiza e sinto-me honrada em poder estar com você nesse trabalho de amor. Vamos ao que interessa. Começarei pelo nome de Serra Leoa. Serra Leoa foi descoberta em 1460 por um navegador português, chamado Pedro de Sintra, o nosso atual coordenador. Nessa época, o país era habitado pelos temnes. O nome de Serra Leoa deriva da semelhança que a serra, vista do mar, adquiria com uma leoa vista de longe. Além disso, o trovejar, na época das chuvas, assemelhava-se ao rugido do animal. A primeira atividade econômica foi a comercialização de escravos, em meados de 1787. Serra Leoa foi criada para ser uma colônia e receber escravos emancipados pelos ingleses após a independência dos Estados Unidos. Serra Leoa nunca despertou o interesse dos ingleses, e só em 1930 foram descobertas as jazidas de diamantes, e o que era para ser a salvação do país se tornou o seu maior problema. A cobiça humana trouxe as guerras, a fome e a miséria. O comércio e a extração ilícita dos diamantes, quase sempre por meio de trabalho escravo, contribuiu para a compra de armas e financiamento de guerras. As pessoas engolem e escondem as pedras em feridas abertas na pele, colocam embaixo das unhas, da língua e de outras partes do corpo. Aquele povo sofrido e aprisionado em seu próprio país está sempre em conflito. Eles vivem em guerra. Atualmente, meu irmão, está impossível estabelecer um bom governo. O país precisa de ajuda financeira para se manter, os estrangeiros ficam com quase toda a riqueza mineral de Serra Leoa, sobrando quase nada para os nativos, e é esse o motivo de tanta miséria, fome, sede e de tantas doenças em solo tão bom. Aqueles que se comprometeram em sair do plano espiritual para auxiliar aquele país desistiram quando ficaram diante da riqueza dele. Escolheram a riqueza material ao invés da moral. A cada dez leonenses, sete são analfabetos, e não há preocupação da parte dos governantes em instruir os nativos. O índice de mortalidade é um dos maiores em Serra Leoa. A expectativa de vida é de aproximadamente quarenta e dois anos de idade. Foram os britânicos que fundaram a capital Freetown, servindo de refúgio para os escravos fugitivos das Américas, que foram amparados pelo não reconhecimento da escravidão na Inglaterra. Depois, Joseph Saidu Momoh reformou a constituição de 1978 e garantiu os direitos humanos fundamentais, o pluripartidarismo e tentou consolidar os fundamentos democráticos. Mesmo com esses avanços, o seu governo foi marcado pelo abuso de poder e corrupção. A vaidade ainda aflorada, o egoísmo e o orgulho fizeram com que ele desistisse do bem. Essa corrupção no governo, mais os problemas administrativos das minas de diamantes, foram os principais motivos para o início da guerra civil. Serra Leoa se transformou em uma cidade sem regras, com o tráfico de armas, munição e drogas. – Suspirando profundamente, a irmã Iman continuou: – Neste exato momento, Serra Leoa deságua em dor. Mulheres, crianças e freiras são violentadas e mortas com crueldade, padres missionários também são ultrajados e perseguidos, e muitos são mortos por rebeldes. Essa será a sua casa em breve. Sabe que não será fácil a dor. Nada poderá fazer, será apenas uma das tantas crianças sofridas e esmagadas na África negra. Estarei ao seu lado, amparando e consolando. Seu tempo lá será demasiadamente curto. Se Ana não permitir que sua vibração a chame, essa encarnação será válida apenas para você. Está preparado para isso?!

– Estou, irmã Iman, confio em Deus e é a Ele que sirvo e sigo. Não posso nem devo temer.

– Bem, a nossa irmã em Cristo, que será a sua mãe, já está sabendo que o receberá em breve. Ficou honrada e feliz por poder desencarnar após a sua chegada na carne. Que Deus nos ilumine sempre. Esta noite ela será supostamente vítima de violência sexual. E, ainda hoje, Francisco, você será levado ao encontro dela. Que Deus o abençoe.

Despedimo-nos de Francisco mais uma vez. Iman seguiu com ele. Ela o acompanharia desde o momento da concepção até o retorno dele para nossa casa espiritual. Francisco estava sendo preparado para se unir ao corpo que lhe seria morada em breve.

✳

Abena, nativa da cidade de Gana, veio morar em Serra Leoa com seus pais ainda menina. Seu pai estava à procura de fortuna, e esse foi o motivo de ele vir para a capital de Serra Leoa, Freetown. Em confronto com outro homem para ficar com um minúsculo diamante, teve sua vida subtraída. A mãe e Abena passavam fome e sofriam abusos constantemente. Abena, ainda menina, engravidou. Devido a espancamentos, abortou. Aos dezesseis anos de idade, iria receber Francisco como filho. Ela mesma havia pedido para passar por tão dura prova. Agora estava disposta a eliminar a nódoa do seu manto espiritual, aceitando duríssima prova. As doenças faziam parte da vida dos leonenses: a doença do sono, malária, HIV e outras. Muitos homens, mulheres e crianças sofriam com doenças e, a cada cinco pessoas, uma tinha alguma doença. Abena tinha esse nome por ter nascido numa terça-feira. Ela vivia na capital. Freetown e todo o estado estavam destruídos, e os abusos humanos e os desmandos estavam devastando toda a Província. A população mendigava pão, era triste o cenário. Cadáveres nas ruas, crianças famintas e sedentas, em pele e osso, idosos não se via, morriam antes mesmo de envelhecer. Homens ainda saciavam seus apetites sexuais inferiores violentando crianças e mulheres. Era nesse caos que Francisco estava prestes a nascer.

21

A vida de Bomani

Francisco estava com dois anos de idade. Sua mãe, Abena, estava muito doente e fraca, pois havia contraído o vírus HIV e roubava para comer e alimentar o filho querido. Ela o chamava de Bomani. A vida era muito difícil e dura. Abena o amava muito e temia pela vida dele, não pela fome, porque isso era natural naquele lugar infeliz, mas pelos rebeldes que saíam aterrorizando a todos no meio da noite. Ninguém ali se preocupava com ninguém, a dor não era solidária naquele lugar, e as pessoas não tinham tempo para se preocupar com os vizinhos, pois usavam todo o tempo que restava para tentar pegar qualquer migalha de pão ou outro alimento para comer. Ratos e outros bichos faziam parte do cardápio dos leonenses. O tempo passava e todos tentavam sobreviver. Cada dia era uma vitória para os moradores de Serra Leoa.

Era noite, Abena estava muito fraca e mal conseguia ficar em pé. Levantou-se e foi até a porta de sua casa, que estava quase caída. As paredes estavam destruídas, havia apenas três paredes em pé, e outra era feita de plástico, servindo apenas para impedir as chuvas nos meses de maio até outubro. Bomani estava muito doente, e a guerra civil havia causado uma ausência quase total de assistência médica. Além disso, a pobre Abena não tinha forças para ir com o filho atrás de um médico. Eram os grupos missionários que traziam para os civis a assistência material e médica quando possível. Até porque, eles eram constantemente atacados e mortos por rebeldes à noite, e, durante o dia, eram os soldados que faziam esse papel. Nesse momento, Abena, antes mesmo de fechar a porta, foi jogada ao chão da casa com um pontapé na porta. Eram os rebeldes saqueando o que restava dos moradores. Mais uma vez, ela foi surrada e, sem forças para se levantar, tentou socorrer o filho, que estava sendo tirado de cima de um colchão sujo e fedido no canto da sala. A pobre viu quando pegaram Bomani pelas pernas e o jogaram em cima dela como um bicho podre e morto. Riam da pobre mulher e ainda diziam que ela não tinha atrativo algum. Depois de toda a crueldade praticada por esses pobres ignorantes, eles deixaram sua casa. Ela ficou estendida no chão, tossindo muito, e as lágrimas se misturavam com sangue. O filho também mal se levantava. Quando o Sol raiou, uma missionária viu a porta no chão e resolveu entrar para saber se ali alguém necessitava de ajuda. Era um costume dos missionários baterem de porta em porta para socorrer os feridos da madrugada. E lá estava Bomani, em cima do peito desnudo da mãe, tão magra que se podiam contar os ossos. Bomani também era assim. Iman, por sua vez, ficava ao lado deles, sustentando-os na fé, todos os dias, como guardiã daquela casa e, se assim não fosse, morreriam antes da hora. A investida do mal era grande. Mesmo sem saber, aquela família com duas pessoas era assistida pela benevolência do nosso Pai Celestial. A missionária, então, prestou todo auxílio possível aos dois e, depois, foi atrás de ajuda para tentar tirá-los dali. Um amigo da missionária disse que eles trariam os medicamentos. Ainda limparam as feridas com panos úmidos e deram um pouco de comida e água para Abena e o filho.

Uma mulher e seus dois filhos haviam sido mortos

pelos rebeldes em casa vizinha. Durante o dia, vários corpos estavam nas ruas; alguns eram de guerrilheiros civis; outros, de moradores que haviam sido assassinados.

Quando chegava a Serra Leoa um carregamento de comida e água, todos queriam pegar, mas poucos conseguiam. Quem realmente necessitava acabava ficando sem nada. Eram pobres criaturas que estavam doentes e mal conseguiam andar ou correr para não perder o que haviam roubado do caminhão. Os soldados atiravam para matar quem tentasse se aproximar, mas os rebeldes não tinham medo e os enfrentavam, causando desgraça ainda maior. A fome era imensa e as pessoas não raciocinavam com lógica. Chegavam cargas também para os voluntários estrangeiros. Eram eles que mais ajudavam ao país. O governo corrupto de Joseph Saidu Momoh só se importava com os diamantes; diamantes da miséria, eram assim chamados pelos voluntários. A ganância habitava o coração dos poderosos de Serra Leoa. Os estrangeiros, donos das minas de diamantes, matavam friamente qualquer um que tentasse ficar até mesmo com o pó do diamante.

Alguns contrabandistas colocavam em feridas abertas minúsculas pedras de diamantes, para poderem sair do país sem serem pegos. Outros chegavam a cortar partes íntimas do próprio corpo para contrabandear as pedras. Dava dó de ver o homem se destruindo, matando, roubando, estuprando e até mesmo se matando para conseguir uma única pedra daquelas, tão preciosa para eles, deixando um rastro de dívida para com Deus.

Sem que fosse percebido pelos habitantes da África negra, a Espiritualidade estava lá para assistir e socorrer aquele povo sofrido. O próprio Jesus enviava emissários de amor para reforçar o auxílio aos nativos africanos. Espíritos em missão tentavam conter os desmandos dos governantes, auxiliando através da intuição, que não era aceita por eles. Assim se passavam os dias em Serra Leoa.

22

Coração angustiado

– Ana, minha filha – disse Justina –, por que não volta para a África, já que está sempre falando que devia ter ficado mais tempo lá?!

– Justina, não consigo ter paz em meu coração. Sinto tanto a falta de Francisco, que às vezes penso que vou morrer de tanta saudade. Ele me disse, antes do acidente, que eu deveria ler o livro e iria me sentir melhor. Mas tudo o que vejo no livro é desgraça! Como posso me sentir melhor vendo relatos e fotos de mulheres morrendo de fome, sendo abusadas, e crianças mortas ou quase em esqueleto?!

– Tenho certeza de que ele devia ver algo a mais que a desgraça das pessoas.

– Como será possível ver algo a mais?! Só há sofrimento!

Antes de dormir, Ana fez uma oração, não para Deus, mas para Francisco, pedindo que ele a levasse para o mundo dele. Ela não temia a morte se pudesse estar com ele, nem mesmo se importava com o tipo de morte, fosse ela por afogamento, atropelamento ou outra pior. Tudo o que desejava era sentir, mesmo que fosse uma única vez, o toque das mãos dele em seu rosto. A pobre adormeceu sentada na cama, olhando para os retratos dos filhos queridos. E sempre vestia para dormir uma camisa que era de Francisco.

– Mãe! Estou aqui! – era Francisco, chamando-a.

– Meu filho! Como pode ser você?! – questionava Ana, abraçando o filho com muita força.

– "Escute-me, por favor. Eu já voltei para a carne e a espero no meio da dor. Confie em Deus e O aceite em seu coração. Eu a amo, estarei sempre com você. Estou esperando-a".

Antes de se despedir, ele acordou ao ouvir a voz de Abena. Bomani havia adormecido e seu Espírito fora até Ana.

– Mercedes! Mercedes! – assustada ao despertar, Ana gritava o nome de sua fiel ajudante.

– O que foi, Ana?!

– Francisco! Eu sonhei com Francisco!

– Isso é maravilhoso, Ana! Como foi o sonho?!

– Não consigo me lembrar, mas sinto que ele me chama! Lembro-me de que ele disse que estava bem. E eu precisava confiar em alguém, só não sei em quem.

– Deve ser em Deus, minha filha, deve ser em Deus! Vindo de Francisco, só pode ser isso.

– Viajarei amanhã para a África!

– Hoje, você quer dizer! Já passam das três da manhã.

– Creio que Justina tenha algum dinheiro que possa me emprestar. Irei falar cedinho com ela – disse Ana, animada com a ideia de voltar à África.

– Não, minha filha! Não precisa pedir dinheiro para a pobre Justina, afinal Suzana está cada vez pior, e a pobre se desdobra para amparar a filha. Ela se entregou à morte, não deseja mais viver. Justina tem sofrido muito. Se não fosse a fé que tem em Deus, já teria sucumbido à amargura. As complicações internas que a pobre Suzana tem são muito piores que a simples falta de movimentos. Bexiga e intestino não funcionam bem.

O médico explicou para Justina que o coração de Suzana tem que trabalhar dobrado para bombear o sangue para o corpo, que tem problema de circulação; e, como se não bastasse, ela está com infecção urinária. A pobre sofre também com as escaras. Oro a Deus que alimente Justina de força. Eu tenho, Ana, algum dinheiro. Irei com você até o banco e lhe darei o que for preciso.

Ana sabia que Mercedes devia ter reservas, já que ela não trabalhava, e era ela quem sustentava aquela casa. Nunca cobrou salários e ainda cuidava de todos os afazeres domésticos sem reclamar. Servia sem querer nada em troca. Augusto trabalhava havia muito em firma de amigos. Era psicólogo e havia se formado com a ajuda de Francisco. Trabalhava e ajudava sua mãe e Ana em tudo.

– Bem, se você puder me ajudar, ficarei grata, Mercedes!

E, beijando suas mãos, pulou da cama e foi tomar um banho.

Ana estava chegando ao aeroporto de Serra Leoa. Augusto quis ir, mas ela não permitiu. Disse que precisava ir sozinha e ainda argumentou que Francisco a estaria protegendo. Logo no desembarque, Ana começou a chorar, e algumas pessoas perguntaram se ela estava bem, enquanto outras apenas a olhavam sem nada dizer. Procurou um telefone e ligou para casa, avisando que estava tudo bem com ela. Mercedes, preocupada, perguntou em que estado ela estava. Serra Leoa, disse apenas. Augusto se encontrava próximo a Mercedes quando ouviu a mãe interrogar com espanto e citar o nome Serra Leoa. Ele mesmo não podia acreditar no que ouvira, já que sabia muito bem dos conflitos existentes lá; entretanto, sabia também que nada poderia fazer, a vontade dela deveria ser respeitada. Augusto foi para seu quarto e orou a Deus, pedindo que a protegesse.

23

O resgate

Rogério não aguentava mais o sofrimento, seu corpo perispiritual estava em chagas.

O mal que ele proporcionara às pessoas voltava para ele.

– Deus! Não aguento mais tanta dor, a culpa me tortura, a morte não existe. Por misericórdia, sei que não sou digno de amparo, mas imploro ao Senhor, retire-me deste lugar sombrio e maligno!

O pobre Rogério trazia o corpo perispiritual coberto por feridas; era o efeito de sua vingança. As lágrimas rolavam em abundância pelo seu rosto sem cor. Foi nesse exato momento que ele pôde, depois de levantar a cabeça, avistar a mãe, que sempre esteve ao seu lado, e que só não era vista por ele por estar cego de ódio.

– Meu filho! Que Deus seja louvado! Aqui estou para ajudá-lo em companhia de amigos queridos. Não sabe, filho, o quanto espero por este dia de luz. Vê-lo chamar por Deus, para mim, é melhor que água no deserto.

– Mãe, por misericórdia, retire-me deste lugar infeliz. Fui mau e vingativo, atormentei a vida de Miguel e da família dele. Sei que, por minha causa, Suzana, filha de Justina, que nada eu tinha contra elas, está inutilizada para a vida. Sofre por não poder ter vida normal, mesmo estando viva. Ah! Quanto mal causei. Como sou perverso e miserável!

– Meu filho, Deus é misericordioso e não nos pune. Somos nós mesmos que nos punimos. Ele permite que sejamos instrumento para o resgate de débitos infelizes causados por nós em vidas pretéritas. Desse modo, meu filho, o mal só ganha força por necessidade nossa. Não se culpe desse jeito. Haverá conserto em suas ações, porque Deus lhe permitirá, como permite a todos nós, que reparemos as nossas más ações. Mas, por enquanto, terá apenas que pedir perdão, em oração, aos que foram vítimas de suas perseguições.

— Perdão! Mil vezes perdão! Eu suplico aos pobres filhos de Deus que tiveram a vida destruída por mim.

— Rogério, acalme-se! Iremos levá-lo para um posto de socorro aqui próximo e, assim que estiver em condições de ser transferido, nós o levaremos para o Hospital Esperança, localizado na Colônia Esperança.

Depois de ministrados passes pelas mãos da equipe socorrista em zona de sofrimento, Rogério adormeceu e foi amparado pelos braços da mãe, sendo resgatado depois de longos anos em zona Umbralina.

✳ ✳ ✳

— Marta, temos permissão de ir até Miguel, e precisamos ir ainda hoje, pois sei que está complicando a vida de Suzana – comentava Ataíde.

— Eu sei, Ataíde! E fico muito triste em ver situação tão difícil. Ele se transformou em obsessor dessa jovem. Podemos ir agora, só teremos antes que pedir ao irmão Lúcius que Tânia vá conosco. Afinal, ela o ama muito, e creio que ficará feliz em poder ajudar.

Tânia foi esposa de Miguel em encarnação anterior, ama-o muito e tem pedido, há tempos, oportunidade para ajudá-lo. Teresa, a coordenadora da Casa

Esperança, concordou com o pedido de Marta e Ataíde: Tânia iria junto para tentar retirá-lo da casa de Suzana.

Chegando à casa de Justina, encontraram dois Espíritos tomando conta, como se fossem moradores. Assim que viram Marta, Ataíde e Tânia, perguntaram o que eles estavam fazendo lá.

– Estamos aqui para lhes oferecer ajuda – respondeu Marta.

– O chefe nos enviou ajuda! Mas ele disse que não nos enviaria ninguém! Por que será que mudou de ideia?! – retrucou um deles.

– Não fomos enviados pelo seu chefe, mas pelo Mestre Jesus, que muito nos ama – respondeu Marta, tranquilamente.

– Jesus?! E o que Ele tem a ver com esse caso? Essa moça é nossa, estamos aguardando que ela deixe o corpo em repouso para nos acompanhar, como sempre faz. Não vejo razão para Jesus interferir nesse assunto, afinal ela não é prisioneira nossa, mas, sim, parceira.

– O que estou vendo aqui... – disse Miguel, enquanto Marta o olhava um pouco assustada por ver o estado perispiritual dele. Andava com dificuldade, a perna direita estraçalhada, o braço preto, parecendo coberto por hematomas, o rosto todo cortado e sangrando. O pobre parecia que havia acabado de sofrer o acidente.

– Miguel, meu amor! – disse Tânia, aproximando-se. – Vim buscá-lo, sinto sua falta e não gostaria de vê-lo em tão triste situação!

– Tânia! Como me encontrou?! Bem, isso não interessa. Essa maldita acabou com a minha vida, mas vejo que já está sofrendo o mal que causou a mim, matando-me naquele acidente. Eu tinha tanta coisa a fazer! Não queria morrer! Estava feliz, e ela desgraçou a minha vida. Eu pensava que ela me amava, entreguei tudo o que era meu a ela e olha o que recebi! Ingratidão! Quis me abandonar, chamou-me de velho e nojento! Quanta humilhação! Agora sofre por merecer. Eu não irei, de forma alguma, com ninguém! Pode ir embora, esqueça que eu existo.

– Miguel, você não deve atormentar essa irmã que já sofre tanto. O acidente o matou, porém ela continua viva e sofrendo, e penso que a situação dela seja pior que a sua. Pense nisso, meu querido!

– Pior que a minha?! Ora, deixe de balela! Essa infeliz vai pagar por ter me matado!

– Não foi ela quem tirou a sua oportunidade de continuar na carne, mas, sim, a sua ambição e o seu egoísmo. Adolfo, Francisco e Ana também se acidentaram. Adolfo sofre por ter feito mal à mãe. Ele está conosco e gostaria de vê-lo. Não sente saudades dele?!

– O meu filho morreu?! Você está dizendo que o meu filho querido está morto?!

– Não, Miguel, a morte não existe, e você sabe muito bem disso, olhe para você, acaso está morto?!

– Antes ela existisse, pois o ódio que sinto dói em minh'alma e chego a pensar que a dor é pior que a do dia do acidente. Senti tanta dor, fiquei dois dias preso naquele maldito veículo, fui arrastado com o automóvel, mesmo depois de tirarem o meu corpo físico de dentro dele. Fiquei jogado, preso nas ferragens por dois dias, até que esses amigos que estão aqui foram me tirar de lá. Se não fossem eles, penso que ainda estaria preso no veículo. Dor miserável. A minha carne rasgada. Nunca imaginei viver tanto horror. A chuva forte esfriava o meu corpo e a dor era cada vez maior. Hoje estou bem, sinto muitas dores, mas, sempre que me aproximo dessa maldita, o prazer que tenho em atormentá-la alivia o meu sofrimento. Vá embora, Tânia, e leve esses velhos malditos que vieram acompanhando você.

– Não, Miguel, foram eles que me trouxeram, após pedirem e receberem permissão para ajudá-lo. Eu apenas os acompanho pelo desejo sincero de tirá-lo do sofrimento.

No leito de Suzana, um cordão prateado circundava a pobre infeliz enquanto acordada. Era uma proteção para que a pobre não ficasse constantemente vendo Miguel, que havia acampado ali. O estado de saúde dela era dos piores. Restava-lhe pouco tempo de vida, pois podíamos ver que ela havia se entregado à morte do corpo. Era uma suicida aquela jovem. A pobre mãe orava a Deus que aliviasse os sofrimentos da filha. E era pelas orações da mãe e merecimento também da mesma, que existia aquele luminoso cordão de isolamento. Infelizmente, nas horas do sono, a própria Suzana, livre do corpo de carne, entregava-se aos Espíritos que a estavam esperando, para se livrar do jugo de Miguel. Era uma escrava de criaturas infelizes.

– Miguel, pense, você poderá ver o seu filho Adolfo em breve. Desista dessa vingança, olhe para o seu corpo e veja como está. Não sofre tanto?! Como pode recusar ajuda?! Venha conosco – Ataíde, carinhosamente, conversava com Miguel. – Deus lhe concede oportunidade de voltar um dia à vida corporal e de conviver com todos aqueles que um dia foram prejudicados por você. Terá oportunidade de consertar a sua falta e será amado, como, na realidade, já o é. Meu filho, o ódio destrói a alma humana, impede o avanço moral dos filhos de Deus. Não se negue ajuda! Venha conosco! Suzana irá responder pelos atos negativos praticados. E você, meu filho, não deve se esquecer de que também a ajudou nisso e que foi você, muitas vezes, quem planejou a desgraça da sua família. Se não fosse o seu orgulho, egoísmo e vaidade, estaria ainda vivo. Provocou a morte do seu corpo por meio de ações negativas. Ninguém pode ser responsável pela morte do seu corpo a não ser você mesmo, Miguel! Pense nisso. Suzana também será a única responsável pela infelicidade dela. Afinal, foi a ganância de ambos que os levou à destruição.

– Eu a amava! – falou Miguel, cabisbaixo.

– Amor, meu filho, traz paz e serenidade. O que você nutria pela nossa irmã Suzana não passava de doença. Ninguém pode ser feliz com a desgraça de outro. O amor não se sustenta em alicerce de dor. E você, Miguel, não se preocupou com a dor de sua família. Planejou tudo contra eles. Mas isso você poderá consertar, meu filho, em outra encarnação. Basta que se arrependa, sinceramente, do mal causado com suas ações, perdoe Suzana e venha conosco.

– Não desejo deixá-la em paz um só minuto. Ficarei aqui de plantão. Podem ir embora agora mesmo, deixem-me em paz. Diga a Adolfo que me perdoe!

– Só você, Miguel, pode e deve pedir perdão a ele. Lamento, meu filho, que queira continuar no erro e no sofrimento. Além do mais, responderá também por estar causando sofrimento a Suzana.

E Marta, Ataíde e Tânia saíram após orientarem Miguel para as implicações da perseguição a Suzana.

Novamente na África

ANA HAVIA PEGADO UM ÔNIBUS PARA IR ATÉ A cidade de Bo. O motorista, que era da Libéria, conhecia tudo ali e tentava ir por caminhos menos perigosos. Os rebeldes, muitas vezes, atacavam os ônibus para saquear, chegando mesmo a estuprar alguns passageiros, principalmente jovens e crianças. Se houvesse uma freira entre os passageiros, eles também atacavam, não temiam nada e não respeitavam ninguém. A crueldade reinava naqueles corações endurecidos e ainda afastados de Deus.

No meio da madrugada, o ônibus foi atacado quando fizeram uma parada para alguns passageiros descerem e fazerem suas necessidades fisiológicas. Ana, que também descera, escondeu-se em um buraco, na terra. O motorista levou vários golpes de pau, caindo desmaiado dentro do ônibus. Duas mulheres leonenses foram estupradas, e uma delas morta por tentar bater com uma pedra na cabeça de um dos seus agressores. Depois de horas de terror, os rebeldes levaram as poucas coisas que alguns passageiros possuíam. A bagagem de Ana, com todo o dinheiro que tinha, foi levada. Ficaram todos à mercê da providência.

Já passava das 10 horas. O motorista, muito ferido, perguntou se algum dos presentes sabia dirigir, pois estava sem condições para tal. Ninguém respondeu. Ana era a única que sabia, mas ficou calada. Às 10h15, aproximou-se um carro velho, caindo aos pedaços, e seu motorista, como se já estivesse acostumado com aquela cena, parou oferecendo ajuda. Ana estava com muito medo e não recusou o auxílio. O nervosismo dela fez com que não procurasse entender o que o homem estava falando e a direção em que ia. Serra Leoa era o seu destino, capital Freetown. Exatamente de onde ela acabara de sair por medo.

– Senhor – disse Ana, em inglês, para o motorista do carro –, acho que estamos voltando!

— Eu falei que estava indo para Serra Leoa. A senhora não ouviu?

— Não! Estou com medo de ir para Serra Leoa, vi muita coisa ruim lá. E não tenho onde ficar! E agora, o que faço?!

— Estou indo trabalhar com diamantes. Eu vendo, sabe?

— Mas e eu?! O que farei?! Não posso ficar aqui, os rebeldes poderiam me matar!

— Eu não sei, mas não irei parar em lugar algum, afinal este país está um inferno.

Ana não teve alternativa. Meses depois, estava morando em uma vila muito miserável, onde a fome reinava, e tudo o que recebiam era dos povos voluntários.

— Ana, estou indo hoje à noite para uma região de confronto, procurar feridos; gostaria de ir comigo? — perguntou Maria, uma brasileira que servia como voluntária lá.

— Maria, tenho tanto medo! Às vezes, penso em voltar para o Brasil, não tenho família lá, mas tenho amigos que me amam e esperam por mim. Sempre que posso, ligo para eles. Mas você, melhor que eu, sabe as dificuldades daqui. Demoro tanto a ligar, que chego a imaginar que eles estão pensando que os estou evitando. Mas deixa isso para lá. Bem, irei com você!

– Sabe dos riscos que corremos nessa empreitada, não é mesmo?

– Sei, e desejo mesmo assim, do fundo da minha alma, ir com você. Às vezes, acho que meu filho me conduz. Não sei como, mas sinto isso.

– Ana, seu filho está morto, porém acredito em vida após a morte e sei que não existe o acaso. Acredito que, se você está aqui, em lugar tão sofrido e sem paz, deve ter alguma razão para isso. A minha mãe é espírita... – E Ana perguntou, interrompendo-a:

– Espírita! Nossa, até aqui tem espírita?!

– Bem, como ia dizendo, minha mãe me criou acreditando em um Deus Justo e Misericordioso. Ela dizia que a vida não se extingue com a morte do corpo, porque, se fosse assim, Deus seria cruel, já que alguns nascem doentes, aleijados e desafortunados e outros, com saúde, perfeitos fisicamente e com tanto dinheiro. Onde estaria a justiça de Deus se não houvesse uma explicação para isso? Se tudo se acabasse com a morte?! Eu sou espírita, sim, e sinto-me feliz. É o Espiritismo que me consola quando vejo tanto sofrimento aqui ou em outra parte do mundo. Sei que resgatamos débitos do passado, e não só desta vida, mas principalmente de outras que já vivemos. Essas pobres criaturas, que vivem em condições subumanas hoje, foram afortunadas que deixaram pessoas passar privações sem oferecer a menor ajuda ou, quem sabe, perseguidores de pessoas boas em vidas passadas, e hoje apenas colhem os frutos da árvore que um dia foi semente plantada por eles. Já alguns, eu sei, vivem aqui por missões.

– Então, por que socorrer Espíritos que foram tão cruéis? Eles não precisam pagar pelo mal que fizeram outrora?

– Pagar não é a palavra, mas resgatar e reparar. Jesus nos ensinou que devemos fazer tudo o que estiver ao nosso alcance a fim de aliviar o fardo do nosso irmão. É a lei moral de Deus, escrita no Evangelho.

– Você falou em missões! Como assim?!

– Existem Espíritos que pedem provas muito dolorosas, para vir despertar o coração de pessoas frias e desumanas.

– Minha nossa! Então, o meu Francisco pode estar aqui, neste lugar?!

– Isso eu não sei, Ana, mas acredito que tudo é possível.

– Obrigada, Maria, muito obrigada por me falar palavras tão consoladoras. Eu irei com prazer socorrer esses irmãos. Francisco precisou morrer para que eu entendesse as palavras dele. Como sou idiota, quem sabe, se eu não fosse tão fria, egoísta, vaidosa, intolerante e sabe lá mais o quê, o meu filho pudesse estar aqui comigo agora. O Adolfo eu também amava, mas era diferente, e não conseguia entender por que, mas, com Francisco, sentia como se fosse morrer de tanto amar. Com Adolfo, não era igual e, às vezes, eu me punia por isso, fazendo os seus gostos para suprir a falta de amor que eu tinha por ele.

– Olhe, Ana, às vezes convivemos várias e várias encarnações com as mesmas pessoas, e com essas se forma um laço maior de amizade e amor. Enquanto com outras estamos pela primeira vez ou, talvez, não estivemos por muitas vezes. Acredito seja essa a explicação para o seu amor por Francisco.

– Será que vivi com ele tantas vezes? Ah, que maravilha! Quem sabe, se eu for digna de seu amor, voltarei ainda com ele. Ah, doutrina consoladora! Preciso acreditar nessa justiça para acalmar a minha alma.

A noite chegou rapidamente, e Maria, Fernando, Alice e Ana estavam saindo para resgatar feridos.

– Maria, aqui tem uma mulher muito machucada, traga a maleta, por favor – disse Fernando.

Todos ali trabalhavam rápido e com muita cautela; os rebeldes gritavam o tempo todo, tiros, choros e gritos eram ouvidos durante a noite fria do mês de setembro; a chuva atrapalhava o socorro, mas ninguém parava por isso. Havia pessoas cadavéricas, algumas crianças morrendo nos braços dos pais, outras, sentadas, como a esperar o nada.

Presenciei uma imagem que, por mais vezes que eu necessite voltar à carne, jamais irei esquecer. Uma mulher negra, deitada em frente a uma casa sórdida, com a porta que parecia lutar para não cair, as paredes sem reboco como todas as casas ali, e uma delas era feita de plástico, para evitar a entrada da chuva. A mulher estava tão doente, que mal respirava, deitada ao chão, trajando unicamente um manto enrolado, muito rasgado e sujo, o sangue se fazia presente em algumas partes de seu corpo macérrimo, e um dos seios, que estava exposto, era apenas pele pendurada. Ana se aproximou lentamente para espantar as moscas que cobriam o corpo dela. As lágrimas corriam em abundância no rosto trêmulo dela. Ao se aproximar, a mulher pareceu criar forças para virar-se e olhar para ela. Embaixo dela estava uma criança de seus quatro anos de idade. Aquela criança, de sexo masculino, parecia um parasita agarrado ao corpo em chagas da pobre mãezinha, prestes a desencarnar. Vi aquela cena porque me encontrava ali, dando assistência àquele menino em prova tão dolorosa. Fernando e Maria se aproximaram ao virem como Ana se conduzia. O menino olhou para Ana e esboçou um sorriso tão prazeroso que, mesmo eu, que conhecia aquela história de amor, derramei lágrimas emocionadas. Ana, subitamente, levantou-se e saltou para trás. Fernando segurou-a pelo braço direito e perguntou se ela estava bem. Ana caiu, as pernas estavam moles. A mãe do garotinho, com muita dificuldade, esticou o braço esquerdo, segurou o tornozelo de Ana com as mãos frias, e eu vi quando Ana puxou bruscamente a perna que a mulher segurava, retirando-a do alcance daquela mãe sofrida. Todos ali estavam estarrecidos com a cena. Quase sem voz, a mulher falou em dialeto Krio:

– Eu sou Abena, cuide do meu filho, por Deus! – E, puxando o garotinho doente debaixo do seu corpo, disse: – Bomani! Bomani!

Todos levaram as mãos ao rosto e limparam as lágrimas que escorriam, mostrando a emoção sentida. A pobre mulher, que resgatava débitos do pretérito, acabara de ser recebida em braços generosos pelos Espíritos que aguardavam o último suspiro para desfazerem os laços que a prendiam ao corpo já debilitado, para levá-la com glória para a nossa pátria espiritual. A culpa, insculpida na consciência, promove a necessidade da reparação. Abena estava ali em resgate.

Vendo a pobre Abena morta, Ana retirou Bomani dos braços dela, levou-o até o seu seio, agradecendo pela vida que ainda restava do menino.

– Ana, iremos levá-lo conosco! – disse Fernando.

– Cuidarei dele! – afirmou Ana, com a voz embargada pelo choro.

Abena foi sepultada com ternura por mãos generosas, acostumadas a viver situações tristes como aquela. A partir daquele dia, Ana se modificou, e o amor começou a ressurgir em seu Espírito endurecido. Fernando e Maria eram amigos íntimos dela e conheciam bem a sua história. Nunca imaginaram que uma criança tão doente pudesse despertar interesse e ser o centro das atenções de Ana Luiza.

– Maria, liguei para Mercedes e Augusto, pedindo que conversem com Justina, pois gostaria muito que eles aceitassem a minha decisão. Já está resolvido: ficarei aqui na África. Se voltarei um dia, ainda não sei.

– E você está realmente disposta a ficar mais tempo aqui, Ana?

– Sim, é o que desejo. Existem muitas pessoas sofrendo, e aprendi que não estou aqui por acaso. Devo estar servindo para alguma coisa nesta terra tão sofrida. Sinto pena das pessoas. Posso lhe confiar um segredo?!

– Claro, Ana!

– Quando estava no Brasil, e ainda tinha a minha família, eu era incapaz de sentir compaixão por alguém. As pessoas negras me repugnavam, pessoas de condição material inferior à minha não me atraíam. O meu filho Adolfo era um pouco parecido comigo, talvez eu e o pai o tenhamos criamos desse modo, preconceituoso e ambicioso, porém meu marido, esse era semelhante em tudo a mim. Meu filho Francisco era o oposto, não sei se você pode entender o que estou dizendo, mas ficava pensando em como aquele garoto poderia ter nascido de mim. Sentia angústia de imaginar, algumas vezes, se ele não havia sido trocado na maternidade. Quando Miguel cogitava essa hipótese, eu ficava enfurecida, devido ao amor que sentia e sinto por ele. Hoje, Maria, estou aprendendo a amar essas pessoas e me vejo aqui, na África, cuidando com amor de cada uma delas. Ontem, quando Fernando saiu, percebi que um dos albergados daqui, o velho Akia, estava com muito frio. Sem que ninguém visse, deitei o meu corpo em cima do dele, para amenizar o seu tremor. Ele não falava com nexo, e eu comecei a balbuciar algumas palavras, mesmo que tímidas, pedindo a alguém superior que o ajudasse e que, se possível fosse, não deixasse o velho Akia sofrer tanto. Meu filho Francisco me dizia que eu precisaria vir a sentir a dor do outro para aprender a amar a Deus e ao Cordeiro; jamais aceitei isso, mas vejo uma força superior agir por intermédio desses voluntários em benefício dos desafortunados, e o mais interessante é que hoje estou aqui, sendo uma voluntária. Francisco me amou sem nada exigir de mim, ensinou-me que, um dia, o tempo faria o trabalho que ele não estava conseguindo fazer, que era o de transformar o meu coração. Maria, o meu filho é Bendito. Não sei se vai acreditar, mas estou feliz vivendo aqui nesta miséria, com toda esta tragédia, e tenho até vergonha de dizer isso.

– Ana, Deus habita o nosso coração, e eu mesma

acredito que seu filho Francisco pode estar agindo ainda em seu benefício, como sempre fez. Você é uma mulher, não diria de sorte, pois sei que sorte ou acaso não existem, mas abençoada em ter recebido, em seu seio, um ser tão bom quanto o seu filho. Fico muito feliz que ele, mesmo depois de desencarnado, tenha conseguido alcançar o seu coração. Que Deus, nosso Pai Celestial, abençoe você, irmã!

※※※

Todos os dias eram quase iguais em Freetown. Os voluntários assistiam as pessoas e, com Ana e os amigos, saíam todas as noites em busca de feridos, fossem esses rebeldes ou não. Não existia distinção para o amparo às vítimas daquela guerra sangrenta e cruel. Muitos eram os padres e as freiras mutilados, e alguns tinham as mãos decepadas pelos rebeldes, por prestarem assistência médica aos soldados de Serra Leoa que eram encontrados à beira da morte em becos alagados, no meio da madrugada.

O velho Akia ficou bom. Ana gostava muito dele. Ele era um dos mineradores. Um dia, ele encontrou um diamante tão pequeno, que podia ser comparado, em tamanho, ao de uma pupila de um recém-nato. Um dos trabalhadores da mina, que tinha antipatia por Akia, correu e foi avisar ao dono da mina, que era um inglês, que Akia havia escondido em sua pele outros diamantes. O inglês mandou buscar Akia e o surrou para que ele confessasse o que tinha feito. O pobre Akia apanhou tanto, que acabou dizendo, para não mais ser surrado, que havia engolido a pedra de diamante. O inglês mandou que dessem óleo diesel ao pobre homem, até ele colocar para fora o diamante. Akia vomitou até sangue, a diarreia quase o matou, mas nada de diamantes, pois o pobre Akia não havia engolido nada. Foi quando Fernando e Maria o encontraram jogado, quase morto, em uma rua de Freetown, sujo de borra e lama. Passou muito tempo com disfagia, mas, graças ao socorro, ficou bem. Todos conheciam, se não toda, mas ao menos uma parte da história de Ana. Akia a escutava cantando para Bomani e ficava feliz em vê-la cuidar dele como se cuida de um filho. Algumas vezes, Ana dizia olhando com ternura para Bomani, que ele havia nascido para trazer alegria a ela. Akia entendia as palavras da Ana por ele falar português, além do Krio.

– Aboyomi!

– O que você está dizendo, Akia?! Não entendo!

– Ana – esclarecia Maria –, Aboyomi significa nascido para me trazer alegria.

– Aboyomi, pois bem, é isso que acredito. Ele nasceu para me trazer alegria. Eu o amo, Aboyomi! Eu o amo! Obrigada, meu filho amado, por me trazer até aqui. Que felicidade, eu tenho um filho. Aboyomi é agora meu filho!

Era tanta alegria em Ana, que contagiava a todos. Ela abraçava e rodopiava com Bomani nos braços.

Dois dias depois, Ana procurou um posto telefônico. Ligou para o Brasil e disse, com tanta alegria, que havia encontrado o amor e que Deus de fato existia, pois Ele permitiu que ela encontrasse o amor verdadeiro, sem interesse, sem egoísmo e sem vaidade. Perguntou a Augusto se ele entendia o que ela estava falando. Augusto chorou de alegria e disse que estavam todos felizes por ela estar bem. E que se ela precisasse de dinheiro, avisasse. Ana não titubeou na resposta e disse: – Augusto, o dinheiro não me trouxe felicidade. Aqui sinto, às vezes, fome, não tenho roupas modernas e nem caras para vestir, tomo banho de cuia, isso quando dá, mas acredite, meu filho, estou feliz, aprendi a sentir tudo o que o meu Francisco sentia. E não penso em voltar para o Brasil. Diga a Justina, meu filho, que eu peço perdão, e um dia pedirei pessoalmente, ou melhor, implorarei pelo perdão de Suzana. Eu peço perdão em nome de Deus a você e a Mercedes, que sempre me ampararam e eu menosprezei. Eu os amo de verdade, ore a Deus por mim. Jesus esteja conosco, minha adorável família.

Aquelas palavras trouxeram felicidade e consolo para Mercedes, Augusto e Justina. Todos estavam completamente felizes por ela. Bomani, por sua vez, estava muito doente; ele havia contraído HIV na hora do nascimento, pois Abena contraíra o vírus quando foi violentada sexualmente. Todos sabiam da gravidade do caso de Aboyomi. Mas eu sabia que tudo aquilo tinha um porquê. Era a lei de Deus se fazendo presente. Ana não mais saía para socorrer as pessoas, tinha medo de perder Aboyomi. A transformação moral era visível nela. Não se revoltava com a doença de Aboyomi; entendia que tudo ali tinha um propósito, porém, nada impedia que ela implorasse a Deus para que ele pudesse sobreviver mais tempo. A chuva caía fortemente, era uma correria para socorrer os albergados, pois o lugar estava destruído e arrumavam mais leitos para amparar novos necessitados. Aboyomi havia piorado. Maria e Fernando estavam preocupados com Ana, pois temiam que o menino não passasse daquela noite. Os voluntários daquele albergue amavam o menino como filho, era a alegria do lugar e alguns diziam que era ele o anjo que iluminava e serenava a dor de todos ali. Aboyomi, mesmo muito doente, contando com seus seis anos de idade, sorria para todos e acariciava um por um todos os dias. Algumas vezes ele, mesmo sem andar, chamava e, colocando a mão sobre a boca, mandava beijos. Na madrugada de uma quinta-feira, Aboyomi teve o seu estado agravado.

– Ana, você precisa descansar, eu fico com ele – ofereceu-se Maria para ficar com o menino.

– Não estou cansada. Preciso continuar orando a Deus pela melhora do meu filho querido – ela respondeu, beijando as mãozinhas de Aboyomi, sem saber que aquele era o Francisco encarnado.

– Aboyomi, eu o amo. Se você for para Deus, e sei que ele o ouvirá, diga a ele que me perdoe por eu ter sido tão péssima mãe, péssima esposa, amiga e tudo mais. Diga que eu O amo e se Ele não me perdoar, não tem importância, pois nada fiz para merecer. Eu lhe peço, filho querido, se encontrar o meu filho Adolfo e meu esposo Miguel, diga que estou arrependida de tudo o que fiz. E que não espero perdão deles, não. Diga que eu sofro ainda por não estar com eles. Aboyomi, lhe farei um último pedido, encontre o meu Francisco e fale que tudo o que ele me ensinou eu aceito e acredito. FOI O AMOR DELE QUE ME SALVOU e me tirou do egoísmo em que eu sempre vivi. Fale para ele que não sou digna de tê-lo como filho, mas se me aceitar, serei sua fiel serva em outras vidas, e serei sua também, meu amor. – Chorando, Ana abraçava e beijava o rostinho de Aboyomi, enquanto todos assistiam a tão dolorosa cena: – Aboyomi, meu amor, não queria ficar sem você. Em soluços, Ana beijava sem parar o filho da alma e ele a fitava com ternura e esboçava com dificuldade um sorriso, deixando as suas mãos pequeninas, e em chagas, tocar o rosto daquela mãe aflita. Todos saíram para deixá-la se despedir de Aboyomi. Ana percebeu que os lábios dele estavam ressecados e, sem pensar, colocou-os em seus seios; ele sugava como se estivesse se alimentando.

Quando, um dia, os rebeldes a empurraram por cima de um tronco de árvore, no momento em que ela carregava em seus braços uma garotinha ferida, nessa queda veio a machucar os seios, deixando feridas que pareciam difíceis de cicatrizar.

E naquele gesto de amor, Aboyomi, com as mãozinhas feridas, transmitiu a Ana os vírus da AIDS, através do contato com seu seio ferido. E Aboyomi acabou desencarnando nos braços maternos. Exatamente dois anos depois, a nossa querida irmã Ana, não resistindo à doença, com o corpo em chagas, retornou, vitoriosa, para a casa espiritual, pelas mãos do seu amado Francisco. O seu corpo foi sepultado em Serra Leoa e Augusto, Justina e Mercedes, vieram para o funeral. Todos estavam em paz, por compreender a lei de Deus. Augusto, em poucas palavras, dizia que Ana teve um final honroso na carne.

Fim

IDE | Conhecimento e educação espírita

No ano de 1963, Francisco Cândido Xavier ofereceu a um grupo de voluntários o entusiasmo e a tarefa de fundarem um periódico para divulgação do Espiritismo. Nascia, então, o Instituto de Difusão Espírita - IDE, cujos nome e sigla foram também sugeridos por ele.

Assim, com a ajuda de muitas pessoas e da espiritualidade, o Instituto de Difusão Espírita se tornou uma entidade de utilidade pública, assistencial e sem fins lucrativos, fiel à sua finalidade de divulgar a Doutrina Espírita, por meio de livros, estudos e auxílio (material e espiritual).

Tendo como foco principal as obras básicas de Allan Kardec, a preços populares, a IDE Editora possui cerca de 300 títulos, muitos psicografados por Chico Xavier, divulgando-os em todo o Brasil e em várias partes do mundo.

Além da editora, o Instituto de Difusão Espírita também se desenvolveu em outras frentes de trabalho, tanto voltadas à assistência e promoção social, como o acolhimento de pessoas em situação de rua (albergue), alimentação às famílias em momento de vulnerabilidade social, quanto aos trabalhos de evangelização infantil, mocidade espírita, artes, cursos doutrinários e assistência espiritual.

Ao adquirir um livro da IDE Editora, além de conhecer a Doutrina Espírita e aplicá-la em seu desenvolvimento espiritual, o leitor também estará colaborando com a divulgação do Evangelho do Cristo e com os trabalhos assistenciais do Instituto de Difusão Espírita.

www.idelivraria.com.br

Fundamentos do Espiritismo

1º Crê na existência de um único Deus, força criadora de todo o Universo, perfeita, justa, bondosa e misericordiosa, que deseja a felicidade a todas as Suas criaturas.

2º Crê na imortalidade do Espírito.

3º Crê na reencarnação como forma de o Espírito se aperfeiçoar, numa demonstração da justiça e da misericórdia de Deus, sempre oferecendo novas chances de Seus filhos evoluírem.

4º Crê que cada um de nós possui o livre-arbítrio de seus atos, sujeitando-se às leis de causa e efeito.

5º Crê que cada criatura possui o seu grau de evolução de acordo com o seu aprendizado moral diante das diversas oportunidades. E que ninguém deixará de evoluir em direção à felicidade, num tempo proporcional ao seu esforço e à sua vontade.

6º Crê na existência de infinitos mundos habitados, cada um em sintonia com os diversos graus de progresso moral do Espírito, condição essencial para que neles vivam, sempre em constante evolução.

7º Crê que a vida espiritual é a vida plena do Espírito: ela é eterna, sendo a vida corpórea transitória e passageira, para nosso aperfeiçoamento e aprendizagem. Acredita no relacionamento destes dois planos, material e espiritual, e, dessa forma, aprofunda-se na comunicação entre eles, através da mediunidade.

8º Crê na caridade como única forma de evoluir e de ser feliz, de acordo com um dos mais profundos ensinamentos de Jesus: "Amar o próximo como a si mesmo".

9º Crê que o espírita tenha de ser, acima de tudo, Cristão, divulgando o Evangelho de Jesus por meio do silencioso exemplo pessoal.

10º O Espiritismo é uma Ciência, posto que a utiliza para comprovar o que ensina; é uma Filosofia porque nada impõe, permitindo que os homens analisem e raciocinem, e, principalmente, é uma Religião porque crê em Deus, e em Jesus como caminho seguro para a evolução e transformação moral.

Para conhecer mais sobre a Doutrina Espírita, leia as Obras Básicas, de Allan Kardec.

www.idelivraria.com.br

idelivraria.com.br

Pratique o "Evangelho no Lar"

Aponte a câmera do celular e faça download do roteiro do **Evangelho no lar**

Ide editora é nome fantasia do Instituto de Difusão Espírita, entidade sem fins lucrativos.

⊙ ideeditora   f ide.editora   ⌂ ideeditora

◄◄ **DISTRIBUIÇÃO EXCLUSIVA** ►►

Av. Porto Ferreira, 1031 | Parque Iracema
CEP 15809-020 | Catanduva-SP
📞 17 3531.4444   🗨 17 99257.5523

⊙ boanovaed
▶ boanovaeditora
f boanovaed
🌐 www.boanova.net
✉ boanova@boanova.net

Fale pelo whatsapp

Acesse nossa loja